魔豆

夜之賢者
Sage of Night
06
香草——著

夜之賢者
— 人物介紹 —
阿爾文
艾爾頓帝國親王。外表爽朗，實則警戒心重。待人處事嚴謹但圓滑，使眾人相當信服。
沈夜
聰慧溫潤的小說家，意外穿越到異世界。看似無害，關鍵時刻卻十分可靠。
路卡
艾爾頓帝國皇帝。表面溫和好說話，實質腹黑並善於權謀。

伊凡
原是名刺客，現為沈夜的暗衛。任何人事物都冷漠以對，只在乎妹妹賽婭與沈夜。
賽婭
伊凡的妹妹，魔法師。性格老實溫和，為國內閃亮的魔法界新星。

夜之賢者
Sage of Night 06

目錄

Chapter 1
創世日

這片大陸上，創世神是人們所信奉的唯一神明。而「創世日」，則是無分國界、普天同慶的重大節日。傳說在這一天，正是創世神創造世界的日子。

當沈夜得知這個節日時，他第一時間便努力回憶著，這一天到底是他開始寫這本小說的日子，還是小說完結的日子？

可惜從他寫完小說、穿越到這個世界後實在已經過了很久，期間發生太多事情，沈夜實在想不起兩者的確實日期。

即使不計小說完結至今有多久，光從他構思大綱、簽約、書寫，直至小說出版，也足足花了一年多的時間。沈夜實在記不清楚日期了，除非穿越回去詢問編輯大人，不然這個問題便只能放在心裡，無法獲得答案。

在地球的編輯大人，你好嗎？

你家的作者，現在正在小說裡生活呢……

沈夜放任腦袋想著一些不著邊際的事情，邊從窗戶遠遠看民眾興高采烈地準備著慶典的模樣，再次感受到創世神在人民心中的地位。這讓真實身分就是創世神的沈夜忍不住暗爽起來，心想你們在崇拜感謝的創世之神就在這裡唷！

隨即沈夜又想起一個問題，詢問在一旁爲他切著水果的賽婭：「除了創世日以外，還有什麼其他有關創世神的慶祝節日嗎？」

賽婭仔細地把切好的水果擺放在漂亮的瓷盤上，並在旁邊放上一支小小銀叉子後，這才放在沈夜面前，微笑地回答：「沒有了。」

沈夜訝異地睜大雙目：「欸，沒有其他的了嗎？那創世神的生日你們不會慶祝？」

在香港，佛誕日會放一天假，而基督教的節日更多，復活節啊、聖誕節啊、耶穌受難日什麼的，則有好幾天假呢！

對於沒有宗教信仰的沈夜來說，宗教的重點就是有沒有假可放……

然而創世神的生日竟然沒有放假？沈夜突然有種自己輸了的感覺。

聽到沈夜的詢問，賽婭理所當然地說道：「不會慶祝啊。創世神是神，難道還有別的東西創造祂嗎？祂自然是一開始便存在的了。既然創世神沒有生日，又怎麼會需要我們爲祂慶生呢？」

所以你們心目中的創世神，就像齊天大聖那樣，是從石頭裡蹦出來的嗎？

即使從石頭蹦出來，也還是有生日的嘛！

想到這裡，沈夜不禁想起自己穿越到此也有段不短的時間了，但因爲這裡與地球的時間不同，他還記得在地球的家裡發生火災時正値寒冬，而穿越過來、遇上兩名小皇子時卻是初夏。相異的時間讓沈夜混亂了，不曉得以前的生日在這裡還算是生日嗎？

話又說回來，雖然不確定，但不計失蹤的十五年，我在這裡應該有待了足足一年吧？

也就是說，我現在十七歲了？快成年了？

再過一年便成年，可以結婚，可以考駕照，也可以進戲院看三級片了耶！

可是這些成年福利，在這個世界一樣也享受不到啊！這麼一想，他便有點小鬱悶……

正當沈夜認眞思索著自身年齡的問題時，突然傳來一陣鬼哭神號的慘叫聲，嚇得少年手一抖，差點便把手中的水果叉掉在地上。

「賽婭，我們不是在喬恩的實驗室設置了隔音魔法嗎？怎麼還這麼吵？」

自從將漢弗萊六人分發給喬恩當藥奴後，一眾護衛隊員總算能脫離試藥的煉獄。而漢弗萊六人，則陷入了水深火熱的試藥生涯中。

對於拿護衛隊員試藥，喬恩是非常小心的，只要是稍有危險性的藥劑，喬恩都不會讓他們去冒險。可是現在換成漢弗萊這些欺負過沈夜的人……呵呵！

原本漢弗萊他們還覺得喬恩年紀小，藥劑師的位階也低，要侍奉她並不會太困難，但誰可以告訴他們，爲什麼這孩子既學醫又學毒啊？

在這個世界，用精神力來煉製毒藥與藥劑，完全是相反的系統啊！這樣下去不會變成雙重人格嗎!?

結果很快地，他們便發現這位新小主人還眞的是人格分裂……

對漢弗萊這些藥奴，喬恩可沒有像對待護衛時那麼多顧忌，每次試藥都將他們折騰得死去活來。

藥奴的慘叫聲滿滲人的，所以沈夜特意讓人加設了隔音法陣，以免路人聽到，誤以爲賢者府出現凶殺案。

不過喬恩也知道這種可以任自己下狠手的奴僕不會多，而且她的沈夜哥哥心善，要是眞把人弄死，對方也許會不高興。因此小黑在下毒時，都會先準備好解藥，主人格要試驗治療藥劑、把人弄傷時，下手亦很有分寸，這段時間下來倒是沒有弄出人命。

現在漢弗萊等人已不覺得喬恩這個小主人好糊弄了，就連性格最凶狠的雷班，每次看到喬恩的小身影時，也會忍不住雙腿打顫……

總而言之，喬恩短時間內便成功在奴僕面前樹立了威信，可喜可賀吶！

慘叫聲響起時，與沈夜他們一起身處房內、卻一直把自身存在感壓得很低的伊凡，看了窗外景色一眼，淡然說道：「他們在花園。」

沈夜把最後一片水果吃進肚子裡，正好想要出去走走，便走向花園看看喬恩到底在做什麼。

到了花園，率先闖入沈夜視線的是毛球那龐大的身軀。隨著天氣愈來愈冷，毛球減少了外出撒野的時間，轉而喜歡每天躺在花園的草地上午睡。

獅鷲旁邊還有一堆白色的毛團，正是喬恩養的那些寵物魔獸——銀耳兔。

銀耳兔寶寶長得很快，現在沈夜已經分不出哪些是父母、哪些是孩子了。在他眼中，這些都是長得一模一樣的毛團，倒是喬恩卻能從這群銀耳兔中，輕易認出到底誰是誰。

記得最初把兩隻銀耳兔買回來時，牠們看到毛球可是嚇得直打顫，後來發現毛球根本不理牠們，便開始從遇上獅鷲就跑，變成逐漸降低警戒，到最後，兩隻銀耳兔更是把毛球當成了同伴。銀耳兔是群居動物，總是團體行動，每到毛球曬太陽的時間，牠們更是理所當然地圍在獅鷲身邊。

當銀耳兔從兩隻變成十隻以後，小崽子也受到父母喜歡圍在毛球身邊的習慣影響，從出生便有獅鷲在旁的牠們根本完全不怕牠，結果賢者府的眾人每天經過花園時，除了會看到午睡中的毛球放鬆地伸展著四肢外，還能看到多個白毛團聚集在牠身旁。

有時候在獅鷲頭頂，還會有一朵小小的向日葵，悠閒地伸展著莖葉曬太陽。

當沈夜他們走進花園時，便見毛球依然雷打不動般地懶散躺在地上，反而是圍在牠身邊的銀耳兔們十分警覺地動了動長長的耳朵，十多對銀藍色大眼睛一起看向他們。

也許是不久前被那聲慘叫嚇到，銀耳兔們一副草木皆兵的模樣，一身手感很棒的純白絨毛全都炸起，不僅看起來變得更大隻，也更加圓滾滾。

別看毛球一副懶洋洋、很沒警戒心的樣子，沈夜知道他們在這裡的一舉一動，對方其實都關注著，要是眞的出事情，絕對能第一時間做出反應。

現在的毛球就像躺臥在大草原曬太陽的雄獅，看起來溫馴無害，卻無法掩蓋牠是頭危險的肉食猛獸這項事實。

這次過來花園，主要是想看看喬恩在做什麼，因此沈夜目光掃過毛球，以及牠身邊的一堆白色毛團後，很快便轉過頭尋找孩子的身影。

沈夜一下子就看到位於不遠處的喬恩，以及站在她身旁的漢弗萊等人。

「沈夜哥哥！」此時喬恩也發現沈夜了，蜜色眸子頓時亮晶晶的，笑著便啪噠啪噠地向沈夜跑去。

喬恩近期的外貌，雖然並沒有像最初來到賢者府時那樣，轉變得那麼明顯，可仍能看出這孩子被養得一天比一天好，光是那副臉頰因爲奔跑而紅通通的健康模樣，便是沈夜他們費盡心思滋補出來的成果。

畢竟喬恩這麼多年來未能吃上什麼好東西，身子早就虧了。但幸好她年紀小，現在還能補救。可是也因爲年幼，一不小心便很容易補得過頭，因此沈夜等人只能慢慢來。

喬恩的頭髮長了一些，已經到能夠綁束起來的長度。現在喬恩每天起床最期待的，便是讓賽婭爲她束上不同的髮型；而心靈手巧的賽婭在這方面也很有天分，每天把喬恩打扮得漂漂亮亮，整整一個月的髮型都不會重複。

沈夜在這方面的天分便差得多了，他唯一會綁的就只有沖天炮……

於是，在見識過賽婭的手藝後，沈夜哥哥的沖天炮便被喬恩厭棄，從此成爲歷史。

沈夜抱住迎面撲向自己的喬恩，小女孩清脆的笑聲讓他忍不住勾起嘴角。抱著咯咯歡笑著的小喬恩，少年看向尾隨在她身後的奴僕。一、二、三、四、五，咦！怎麼少了一個？

隨即沈夜便發現剛剛喬恩站著的地方，有一整套男人的衣物被遺留在地上。除了衣服還包括了鞋襪，看起來簡直就像一個原本站在那裡的人，突然人間蒸發、只在原地留下衣物。

等等！喬恩的奴僕不就剛好少一個？雷班不見了耶！

還有剛剛的慘叫聲！

不會吧……

沈夜腦中止不住地幻想著雷班喝下喬恩的藥劑後，整個人痛苦地化爲一灘血水的模樣，心裡不禁發寒：「小喬恩啊……」

「怎麼了？」喬恩可不知道沈夜腦海裡的恐怖想像，被少年抱在懷中的她仰起頭，一臉好奇地等待著沈夜的下文。

沈夜伸手，指了指地上的衣服：「這些衣服……」

喬恩笑道：「喔！那是雷班的。」

「那雷班呢？」沈夜已經做好心理準備，一會兒自己會聽到堪比恐怖片的可怕答案。

喬恩道：「他就在衣服旁邊啊！他變透明了。」

果然是被化成血水……欸？變透明了？

饒是沈夜已做好了各種心理準備，也被喬恩的解釋弄愣了。

喬恩讓沈夜把她放回地上，只見孩子有點不好意思地邊玩著手指，邊垂首說道：「我看要學習的初階藥劑也學得差不多了嘛……就想試一下傳承中記載的特殊藥劑，不過好像失敗了。」

「呃……有嗎？」沈夜聚精會神地看去，依然不見雷班的身影。這哪是失敗啊，根本是很成功地把人變透明了啊！

玻璃都還看得到邊緣呢，可是雷班是真的完全看不見了！一個大活人完全看不見了耶！

喬恩一臉歉疚地解釋：「可是我無法把雷班變回來。」

沈夜：「……」他已經不知道該說什麼才好了。

等等！現在雷班呈透明狀態，也就是說他身上的衣服都被脫光光了吧？

所以，雖然看不見，但其實有個蹓鳥男站在我面前嗎!?

這感覺還滿詭異的。

「那剛剛的慘叫聲？」

聽到沈夜的詢問，喬恩的神情更加內疚了：「不知道解藥出了什麼問題，在入口瞬間出現輕微的腐蝕性，剛剛雷班的嘴巴與喉嚨都被燙傷了。幸好我早已準備治療藥劑，他沒有大礙。」

沈夜聞言，心裡爲雷班點了根蠟燭。雖說沒有性命危險，不過藥奴這種傷了又治好、治好了再傷的職業還挺虐的。

想著眼前有看不見、但絕對全裸的雷班在，沈夜總覺得怪怪的：「雷班，你把衣服穿回身上吧！」

「是。」

隨著雷班的聲音響起，沈夜便看到地上的衣服凌空飄起，然後被隱形的雷班穿回身上……在沈夜眼中，就是衣服被架在一個透明的衣架子上。

眞的有透明人耶！還眞是大開眼界！

雖然知道眼前這人是雷班，而且是因爲喝下透明藥劑才變得看不見，可是沈夜仍覺得很驚奇。

不同於玻璃那種還能看到邊緣的透明，雷班的透明簡直完全沒有破綻。即使對方站在沈夜面前，少年左看右看，也只看到飄浮著的衣服。

這讓沈夜忍不住伸手想摸摸看，到底看起來什麼都沒有的地方，是不是眞的有著人類皮膚的觸感與溫度。然而少年才剛伸出手，便聽到遠處傳來阿爾文的呼喝聲：「那是什麼!?」

只見剛從練武場練劍回來的阿爾文，正拿著他那柄大石劍飛快地趕過來。

經過一段時間的練習，阿爾文發現只要把鬥氣注入石劍裡，便能令這把重得驚人的石劍減輕重量，圓鈍的劍刃也會因鬥氣而變得鋒利。

於是他開始興致勃勃地拿著石劍練習，說這樣可以精鍊鬥氣和毅力。雖然劍術這些事情沈夜不懂，可是他能看出每天訓練後都累得半死的阿爾文，眼睛卻十分明亮，閃動著愉悅的光芒，顯然很滿意得到的成果。

現在阿爾文已經從一開始只能勉強拖著石劍走，到可以拿著石劍快速前進了。沈夜知道這並不是因爲青年力量變大，而是他對鬥氣的運用變得更加得心應手，且鬥氣量明顯增加的關係。

記得在小說中，阿爾文被喬恩坑害得幾乎沒命，在生死關頭下獲得了石劍。強烈的求生意志刺激下，阿爾文成功激活這把劍的靈性，讓它沉睡的力量甦醒過來，而他也因爲獲得這個強大的武器，最終才能從已發動了陷阱的遺跡裡保住性命。

但現在，或許是沒有了小說中那種生死一瞬的危險考驗，因此石劍即使在阿爾文手中已有段時日，至今卻仍然保持著最初那毫不起眼的模樣。倒是青年在努力不懈地研究後，發掘出了石劍的一些特點。

結果石劍便從阿爾文的金手指佩劍，變成用來強化自身能力的訓練工具了。

不過沈夜並不打算對阿爾文的做法多說什麼，一來少年無法解釋自己爲什麼這麼了解石劍的事情；二來現在阿爾文並沒有遇上小說中的危急境況，即使沈夜把事情說出來，對對方激發石劍的眞正能力一事上也沒有幫助。

在沈夜介入下，阿爾文現在的狀況相較在小說裡，已是好上不少，可是這卻阻礙了青年那原本在生死危機鍛鍊下而提升起來的實力，只能說有得必有失吧？

見阿爾文握著石劍殺氣騰騰地衝過來，沈夜爲免對方一手將雷班這個隱形怪客斬殺，連忙高呼：「他是雷班！只是喝下了隱形藥劑而已！」

「隱形藥劑？」阿爾文收起攻擊的架勢；雷班見狀，欲哭無淚地吁了口氣，心想他到底走什麼霉運呢？喝個解藥被燙個半死，變成透明後不知道能不能夠恢復，現在還被阿爾文殿下誤以爲是怪物，差點被劈成兩半……想當個安分守己的奴僕怎麼這麼難!?

阿爾文了解事情始末後，不禁對喬恩所獲得的藥劑傳承感到驚歎。體現在雷班身上的藥效非常完美，這種透明藥劑要是成功後大量生產，將會是非常不得了的利器。

雖然有點對不起倒楣的雷班，但阿爾文與沈夜均毫不吝惜地對喬恩表達出讚美。兩人對自己熱烈的讚賞，以及對作品的肯定，使孩子雙目充滿愉悅，充滿幹勁地說道：「我會努力的！這幾天會多給雷班做些實驗，很快便可以把藥劑圓滿完成的！」

雷班：「……」

此時喬恩天眞無邪的表情倏地一轉，只見孩子不懷好意地打量著一旁的漢弗萊等人：「還有待會兒的毒藥試驗，就麻煩你們囉！」

原本在一旁看戲、慶幸自己這次沒有成為實驗對象的漢弗萊等人：「……」

無論是黑還是白，他們的小主子都不是好侍奉的，這教人怎麼活啊!?

Chapter 2
路卡的試探

雖然覺得漢弗萊他們有點可憐，可是沈夜卻不會因此插手喬恩的決定。畢竟身爲藥劑師的奴僕，試藥本就是他們分內的事。

而且沈夜對這透明藥劑滿有興趣的，要是研究成功，那他豈不是能來無蹤、去無影，想去哪裡便去哪裡。

沈夜妄想著服用隱形藥劑後爲所欲爲的模樣太過興奮，阿爾文不禁好笑地揉了揉他的頭髮，並順道潑他冷水，爲少年發熱的頭腦降溫：「別想了，即使你眞的能夠隱形，也沒有什麼用處的。」

沈夜不服地反問：「爲什麼？到時候只要喝下藥劑，不就任何人都看不見我了嗎？」

阿爾文莞爾：「雖然看不見，可仍能聽到你的呼吸聲啊！身爲擁有鬥氣的戰士，我們的五感可比普通人靈敏得多。另外，不少重要的地方都設有魔法結界，即使人家看不見你，你想亂闖也不是一件簡單的事。」

聽過阿爾文的解釋，沈夜這才明白自己想得太簡單了。他這種普通人，即使喝下透明藥劑也沒有用，在阿爾文這些強者面前仍是無所遁形啊！

這個世界的人實在強得惹人怨，沈夜的眼光頓時變得幽怨起來。

鬥氣、魔力與靈力，能夠強化人的體質、提升五感，修練精神力則能夠提高智慧。因此這裡的人只要經過修練，即使不使用能力也比普通人強大。

像是喬恩，自從她練習調製藥劑，鍛鍊了精神力後，便變得過目不忘，理解能力也大大提升。如果放在地球，便是一個令人驚歎的小天才！

當然，修練需要大量資源，並不是一般平民能夠負擔得起。這也造成了資源都往上層社會集中、大量人才都是貴族出身的現象；而資質良好的平民要是想要出人頭地，在羽翼未豐時，大多會選擇投靠一方勢力。

貴族統治平民並獲得資源，用這些資源培養出優秀的下一代，下一代繼續統治人民，所獲得的資源再培養出新的繼承人……於是便成爲一個無盡循環，間接鞏固了貴族的統治。

權力與資源都聚集在少部分人的手裡，在這種皇權至上的社會很常見。如果當權者英明，那麼國家自然強大；若是相反，國家便會輕易敗落。

生長於民主社會的沈夜，至今仍不習慣這個非常注重階級觀念的世界。可是他並沒有改變這個世界的魄力與能力，少年很有自知之明，尤其在感受到這個世界是如此地眞實、而自己對於世界是怎樣地渺小後。沈夜並不認爲單憑自己一人便能衝撞現有的皇權制度，從而改變世界。

他認爲時間是一個很好的磨刀石，它會把各種制度逐漸變成更加適合的模樣，而不是因他自身的喜好，貿然去改變這裡原有的制度。

雖然少年身爲穿越者，在這個異世界裡是特殊的存在。可是他並不會自恃著這份特殊，覺得自己能霸氣外漏地遇神殺神。眞這麼想也太過自大了，絕對會短命的！

何況艾爾頓帝國在路卡的統治下，人民生活安穩、安居樂業。雖說暗地裡免不了還是有不少齷齪事，可難道民主國家就沒有任何黑暗面嗎？想到路卡把一個帝國治理得井井有條，沈夜心裡便一陣自豪，自家的兒子眞是棒棒噠！

再次開啓傻爸爸模式的沈夜，才剛想起路卡，卻是說曹操曹操就到了。路卡正好派人前來賢者府，邀沈夜到城堡有事商談。

沈夜與阿爾文總是有事沒事就往城堡裡跑，兩人與路卡經常見面，因此路卡根本不須特意派人傳召他們。這還是第一次，路卡派人前來宣沈夜到城堡見他。

「有什麼急事嗎？」沈夜覺得有點奇怪，便詢問前來接他的衛兵。

衛兵聞言一頓，看向少年的眼神瞬間變得複雜，但他掩飾得很好，並沒有讓沈夜看出來：「在下不清楚，只是依令前來接賢者大人進城堡。」

沈夜得不到回答，也不在意。這位衛兵長期在城堡當差，都是老熟人了，為人老實不多話，沈夜覺得他是知道內情的，可既然對方不想說，那表示事先被人告知必須保密，又或者這件事不是他能夠說出來的，沈夜知道這人怎樣都不會鬆口。

反正一會兒就會到城堡，直接詢問路卡即可，也不差在這一時半刻。

阿爾文同樣感覺到事情有些不尋常，主動要求同行，衛兵對此並沒有意見。

當兩人來到城堡後，總管萊夫特已在等候他們。萊夫特見阿爾文陪同沈夜一起前來，沒有太感意外，畢竟親王殿下一向非常照顧沈夜。

萊夫特領著兩人來到會議室，便見路卡正一臉嚴肅地看著掛在牆壁上的巨型地圖。

不得不說，路卡這幅地圖所列出的資訊準確而詳細，在沒有飛機、衛星等工具進行地面拍攝的異世界裡非常珍貴，而且有著巨大的戰略意義。不知花費了多少人力、物力，以及時間才繪製出來的，是有錢也買不到的好東西。

「路卡，你找我是有什麼事情嗎？」沈夜很好奇路卡特意把自己叫來城堡到底是爲了何事，面對自己最信任的人之一，他沒有任何顧忌，直接把心裡的疑問說了出來。

路卡有些疲憊地揉了揉額角，道：「收到可靠的消息，發現到傑瑞米皇叔一行人的蹤跡了，他們曾在安摩斯國出現。」

聽到傑瑞米的名字，沈夜因爲曾經隱瞞對方的行蹤而心裡有愧，不禁心頭一緊，臉上卻裝作一臉訝異地問道：「眞的嗎？這消息準確？你打算怎麼辦？」

阿爾文也蹙起眉頭，道：「要我領兵去圍剿嗎？」

沈夜聽到阿爾文的話，心裡一陣緊張，然而臉上卻是不動聲色：「這事還須要從長計議，畢竟傑瑞米身處他國領土，阿爾文你驟然領兵過去，引起誤會就不好了。而且從皇城出發至安摩斯國也得花上不短的時間，到時說不定傑瑞米人都已經不在那裡了。」

路卡嘆息道：「小夜說的對，他們輕裝上陣，又全都是實力強大的戰士，機動性強。等皇兄你趕過去，他們早就失去蹤影了。只是皇叔離開了艾爾頓後，卻沒有前往歐內特斯帝國，反而在安摩斯國現身，不知道他心裡有什麼打算。希望他們不會做出什麼危及國家的事情才好。」

阿爾文點了點頭：「的確，當年皇叔與歐內特斯帝國勾結，事跡敗露後出走，我一直以為他帶著手下投靠了歐內特斯帝國……也難怪我們關注那邊的動向這麼久，卻一直沒有消息，原來是我們想錯了。」

聽著兩人的討論，在安摩斯國時已知道傑瑞米消息的沈夜，忍不住愈來愈心虛，沉默著沒有表示意見。

而且他聽著聽著，覺得傑瑞米做事相當謹慎，加上路卡他們之前主要監視著歐內特斯帝國附近，傑瑞米逃亡了這麼久都沒有讓人抓到尾巴，怎麼到了安摩斯國後，卻偏偏被路卡他們發現到呢？

真的是巧合嗎？該不會傑瑞米是故意現身，背後有什麼陰謀吧？

糾結再糾結後，沈夜便決定不再想了。他現在再怎麼擔心也於事無補，現在的阿爾文已經不是小說中那名不正、言不順地登基，備受眾人質疑而舉步艱難的年輕皇帝；而路卡，也不再是那個小小年紀便在一場刺殺中夭折的小皇子了。這兩兄弟聯手，還鬥不過一個傑瑞米嗎？

阿爾文好歹是小說主角，萬一眞有什麼事情，也應該會有主角光環庇護……吧？

隨即沈夜便想起，身爲小說主角的阿爾文，在小說中是怎樣地遭眾叛親離、含冤受屈……

這哪裡是主角光環？根本比催命符還恐怖好不好！

沈夜扶額心想：阿爾文，把拔對不起你啊QAQ

□

現階段若派人前往安摩斯國抓捕傑瑞米，不僅會造成國與國之間的糾紛，傑瑞米收到消息後，也會在艾爾頓帝國的人趕到前輕易脫逃。偏偏安摩斯國只是個弱小的國家，根本壓不住傑瑞米和他的精銳部隊，因此想請對方幫忙抓捕的想法並不實際。於是三人討論傑瑞米的事情無結論之後，便轉而商討接下來創世日慶典的事宜。

對於沈夜來說，這是他第一次在這個世界經歷規模這麼大的盛典，不禁感到非常興奮，聽著路卡兩人討論不久後的熱鬧場面，更是聽得津津有味，很快便把傑瑞米的事情拋諸腦後了。

後來少年因爲想起進入城堡前賽婭等人擔憂的模樣，這才依依不捨地向二人先行告別，免得自己太晚回去，讓賽婭他們擔心。

待沈夜離開後，阿爾文收起了笑容，挑了挑眉頭詢問：「說吧路卡，你這次把小夜叫來城堡，到底是因爲什麼事？」

雖然沈夜與阿爾文同樣身爲路卡認可的「親人」，但說到與路卡相處的時間，沈夜卻遠遠不及阿爾文。加上彼此之間少了十五年的時光，沈夜雖然知道路卡已成長爲能夠獨當一面的王者，可是潛意識中還是會不由自主地把現在的路卡，代入爲當年小皇子那軟軟綿綿、特別好欺負的印象，進而忽略了很多他本應該會發現的事情。

就像剛剛的討論過程中，沈夜完全察覺不到路卡的異樣，可是阿爾文卻看出來了。

聽到阿爾文的詢問，路卡臉上露出猶豫，不知道該不該把事情告訴對方。

阿爾文見狀，伸手一敲路卡的腦袋，半責備、半開玩笑地道：「對我還掖藏著什麼？」

路卡按住頭被敲打的地方。在這世上，恐怕就只有阿爾文與沈夜會這樣毫不顧忌地與他開玩笑吧？想到沈夜，路卡的眼神暗了下來：「皇兄，你還記得安摩斯國的克里門男爵嗎？就是他把皇叔的事情告訴我的。」

阿爾文非常聰明，聽到路卡的話，再結合青年今天對沈夜時，那充滿違和感的態度，他立即猜到了事情的重點：「小夜曾與克里門有過接觸，你剛才那充滿試探性的語氣，該不會……克里門曾把傑瑞米皇叔的事情告訴小夜吧？」

阿爾文見路卡頷首，神情也變得凝重起來。照理說，沈夜與傑瑞米並沒有任何交集，而且當年要不是沈夜的提醒，路卡他們也不會懷疑從小就對他們很好的傑瑞米。按理，沈夜是絕不會站在傑瑞米那邊的。

可是沈夜確實隱瞞了傑瑞米的行蹤，雖然就結果來看，這次的事情其實沈夜說不說影響並不大，可是卻成了卡在路卡心裡的一根尖刺，令他非常在意。

在這世上，能夠讓路卡無條件信任的人已經不多了，沈夜便是其中之一。愈是相信他，路卡對他的期待就愈高。當發現沈夜辜負自己的信任時，路卡便不由自主地對少年的一舉一動充滿懷疑，一直無法釋懷。

阿爾文知道沈夜的隱瞞後，心裡也覺得很不舒服。只是對方的安危在他心裡，終究還是佔了上風：「這事情還有誰知道？」

「知道的人並不多，我已經安排妥當，不會讓人有機會亂說話。另外，爲了避免事情弄得人盡皆知，我已經把知情的克里門軟禁在城堡裡。只是對方終究是他國的男爵，我也不方便把人扣留太久。」路卡早就猜到阿爾文會是這種反應，雖然不滿沈夜隱瞞一事，但是在得知此事後，他首先關注的，又何嘗不是與阿爾文一樣呢？

通敵叛國是很嚴重的罪行，就像傑瑞米，無論他以前對國家有多大的貢獻、多受人民愛戴，可一旦叛國罪證確認，立即成為全國通緝、人人喊打的通緝犯。

只要是艾爾頓帝國的國民，便有責任將傑瑞米的消息傳遞回國。無論沈夜因著什麼理由隱瞞對方的消息，萬一這事情讓別人知道，全國國民會怎樣想？會不會覺得賢者大人與傑瑞米是一路的，認為少年也背叛了國家？

這件事可大可小，因此路卡在得知此事後便當機立斷，先控制住知情者，以免消息走漏，危及到沈夜。

阿爾文聽到路卡已經將事情控制下來，便知道對方雖對沈夜的隱瞞感到十分在意，卻與自己一樣，把少年的安危放在最優先的位置。

想到這裡，阿爾文不禁勾起嘴角，安慰路卡道：「我相信小夜不會害我們，他之所以不告訴我們傑瑞米的行蹤，自有他的考量。你別胡思亂想了，要不，我們直接詢問小夜原因吧？」

路卡目光一閃，對於阿爾文的提議很心動。但最後，出於身為國君的謹慎，他還是選擇暫時瞞著沈夜：「不，這件事有點奇怪。克里門是主動前來告知我皇叔的去向，並狀似不經意地提出他曾經告知小夜此事。我覺得這時機太湊巧了，就好像他是故意把小夜供出來似的。在事情明朗前，就別把事情告訴小夜了，省得節外生枝。」

阿爾文對此並不以爲然：「克里門故意把事情牽扯到小夜身上也不足爲奇，在安摩斯國的時候，我們可把克里門得罪慘了。他這人器量狹小，後來知道了我們的身分，因此便想出這種方法來報復吧？」

路卡認同阿爾文的觀點，卻依然堅持：「或許吧。可是我總覺得克里門的出現有點蹊蹺。他是器量狹小沒錯，可是生性膽小，不像是會爲了報仇，而特意大張旗鼓前來艾爾頓帝國的人。我還是先把這事情壓著，試試能否從克里門口中問到其他線索再說。這次的事情，你就先不要告訴小夜了。」

見路卡堅持，阿爾文便應允下來。路卡對陰謀詭計的直覺一向比他敏銳，既然對方認爲事情不尋常，那便暫時瞞著小夜好了。

□

路卡與阿爾文討論完這件事不久，在宅邸的瑪雅便收到了相關情報。內容雖然並不算詳盡，可是探聽的人卻有打探出重點。能夠做到這程度，此人必定身處城堡裡，而且還頗得城堡內部人的信任。

雖然獲得了想要的資料，可是瑪雅一點都不高興。想到當初她在舞會勾引路卡的表現，巴德之所以這麼快便能知道得一清二楚，顯然這名身分不明的探子除了爲她打探消息外，同時也負責監視著她的一舉一動，把她的事情回報給巴德。

爲了能更有效地保密，被派往他國的間諜都不知道彼此的身分。雖然瑪雅很希望把那個埋在城堡的釘子抽出來，但對方既然能夠紮根於城堡，自然不是等閒之輩。關於對方的身分，她至今依然茫無頭緒。

「眞是太感謝巴德大人您的資料，想不到那位同僚連這種事情也能打聽到，想必他一定已成功潛伏在城堡裡。」雖然明知巴德不會輕易透露對方的訊息，可是瑪雅仍然不死心，裝出一副驚喜的模樣說道。

映像中的巴德，聞言後露出了似笑非笑的表情，道：「妳不用試探了。總而言之，做好妳自己的事情，可別再搞砸了。」

瑪雅聞言，眼眶一紅，一臉被冤枉的委屈模樣：「巴德大人，我沒有別的意思，只是覺得那位同僚很了不起……這一次我會努力的，一定不會讓大人失望。」

巴德完全沒有要安慰瑪雅的意思，看著她受委屈的小模樣，就像欣賞戲子表演般地說道：「省省妳的演技吧，我可不是妳的那些仰慕著，會被幾滴眼淚耍得團團轉。妳有信心辦好事情就好，我實在不太看好妳這次的做法。路卡他們知道沈夜隱瞞一事後，也沒有太把事情放在心裡嘛！不過，要是妳成功讓沈夜眾叛親離，便找個機會試著將人拐到歐內特斯帝國好了。這少年是個人才，亞伯勒陛下可是非常看好他的能力。」

巴德見瑪雅垂首不語，對少女那副總是好像別人在欺負她的樣子感到膩味，於是訓了兩句話後便切斷了通訊。

不同於巴德對這個計畫的疑慮，瑪雅可是對此有著強大的自信。

無疑地，路卡對沈夜的信任，確實遠遠超出她的想像。從現階段來看，克里門男爵的話根本無法動搖沈夜在路卡心中的地位。

可是瑪雅知道，她已經在路卡的心裡投下了一顆名爲「懷疑」的種子。

所謂的信任，有時候非常脆弱，只要有個小小缺口，再用一點力氣，便會像決堤般一發不可收拾。

何況瑪雅並不打算給路卡粉飾太平的機會，有時候輿論的力量遠比人們預料的更大，能夠輕易毀掉一個人。

尤其涉及叛國這種觸及人們底線的事情。現在人民有多喜愛沈夜這位賢者，到時候便有多痛恨他。

瑪雅倒想看看，當愈來愈多聲音與證據指向沈夜的背叛時，路卡還能像現在這樣，立場堅定地站在沈夜那邊嗎？

至於把沈夜拐到歐內特斯帝國？瑪雅完全不打算留給少年這條後路。

雖說成功的話會是大功一件，可既然已經視沈夜爲敵人，瑪雅便會把他趕盡殺絕，絕不會給對方東山再起的機會！

反正沈夜拒絕了埃爾羅伊帝國的賈瑞德招攬一事並不是祕密，人們都覺得沈夜對艾爾頓帝國非常忠心呢。既然如此，到時候她就說沈夜寧死不從就可以了。

想到少年眾叛親離的模樣，瑪雅心裡便感到一陣舒爽。這個人總是處處惹她不快，一副很清高的樣子，既不結黨營私、也不用職權壓人。瑪雅就想看看，當這個人從雲端墜落以後，是不是還能保持著現在這副清高的模樣。沈夜愈是不幸，瑪雅便愈高興！

Chapter 3
慶典

創世日那天，全國各地都將舉辦相關的慶祝活動，其中以皇城的慶典最爲盛大。這幾天，聚集在皇城的人多了許多，不少人特地前來皇城，想要參與這一年一度的大型節日。

人多了，消息便流傳地快。因此當路卡發現他想爲沈夜遮掩的消息竟然洩露出去時，事情已被傳得人盡皆知，想要阻止已經來不及了。

很快地，皇城內便流傳賢者大人沈夜，與傑瑞米一樣投向了歐內特斯帝國，並替傑瑞米做掩護等流言。

原本眾人聽到這種謠言只會一笑置之，偏偏這消息並不是毫無根據。在流言中，安摩斯國的克里門男爵發現了傑瑞米的蹤跡，把事情告知沈夜後卻得不到重視。這位男爵大人很講義氣，因爲看不慣傑瑞米叛國的行爲，特意前來艾爾頓帝國將事情告知路卡，結果這才揭發了沈夜隱瞞傑瑞米行蹤一事。

當時克里門並不是單獨前來，而是帶著一整隊奴僕浩浩蕩蕩地進城。因爲是他國遠道而來的貴族，因此克里門進城後便吸引了各方的注意，當他到餐廳用餐時，與別人閒聊間，更曾高調地說出此行是有要事要晉見路卡。

於是敏銳的人很快便發現到，克里門現身艾爾頓帝國的確與傳聞相符，而沈夜前陣子被挾持時，不正是被綁架到安摩斯國嗎？

至於克里門進入城堡已經好幾天了，爲什麼現在消息才傳出來？而且克里門自從進入城堡後，便沒有再出來；加上誰都知道皇帝路卡對沈夜諸多照顧，在之前的綁架事件中，甚至爲了救沈夜而親自涉險呢！說不定是路卡知道眞相後，爲了替沈夜掩飾，才扣押住克里門，爲了保護沈夜而試圖封鎖消息。

幸好克里門還有些奴僕留在城堡外，不然男爵大人眞的叫天天不應，叫地地不靈了。而那些流言，應該便是那些隨行的奴僕傳出來的。

愈想便愈覺得傳聞可信度高，不少人民已沉不住氣。以前，傑瑞米是人民敬崇的英雄人物，只要有那位戰神在，人們便覺得艾爾頓帝國是安全的。不少年輕人也是因爲崇拜傑瑞米，才進入軍隊成爲軍人。

可是那位艾爾頓帝國的戰神竟與敵國勾結，這事實就像一巴掌似的，打得那些崇拜傑瑞米的人們火辣辣地痛，以前有多崇拜他，現在便有多痛恨！

同樣地，人們非常喜愛沈夜這位年輕賢者。他的出現讓人民的生活變得更加美好。但只要想到他們所崇拜的賢者大人，其實也像傑瑞米那樣背叛了他們，人們便覺得無法接受了。

一些位高權重的權貴們更向路卡請示，想讓克里門出面向人民澄清這件事。此事涉及叛國，可不是路卡想要掩蓋便能掩蓋得住的。

沈夜在毫不知情的狀況下，成了近期民眾最熱門的討論話題，鋒頭甚至蓋過了即將舉行的創世日慶典。

原本昨天還與阿爾文商量著先把事情壓下的路卡，知道此事不能隱瞞下去了。一夜之間，有關沈夜的謠言變得滿天飛，顯然是有心人刻意將事情散布開來。

這樣一來，克里門前來艾爾頓帝國一事，便顯得更不單純了。

路卡知道要遮掩此事已不可能，而且他也無法把克里門一直扣留著不放人。於是，路卡便前往軟禁克里門的地方，想要與對方談談。

雖然得知沈夜隱瞞傑瑞米的行蹤後，路卡便把克里門軟禁在城堡裡，可是路卡並沒有苛待他，吃、喝、住、用無一不精心款待。即使如此，被人軟禁著，對克里門來說，心裡還是有點忐忑不安。

克里門雖然愛記仇、器量小，可是卻又膽小怕事。當他知道沈夜一行人的眞實身分後，便知道想要報復他們，憑自己的實力是不可能的。因此一開始，他就壓抑下被沈夜等人挾持的怨恨。

直至不久前，他買下了一位貌美的女奴。正所謂英雄難過美人關，克里門雖然不是英雄，卻也難逃枕邊風的威力。

那名女奴來自艾爾頓帝國，被輾轉賣到克里門手上。女奴不僅相貌美艷，聽說被販爲奴前還是位讀書識字的貴族小姐，只是因爲父親犯錯，被牽連成了奴隸。

克里門很快便發現這位美人不僅溫柔小意，還非常機敏聰明。某次克里門順口與美人談及一件困擾著他的事，美人三言兩語即爲他想出了解決方法。從此，克里門漸漸待她與別的女人不同起來，很多話都會對她說。久而久之，只要克里門心裡有疑問，便習慣與她商量。

就是這位來自艾爾頓帝國的美人從克里門的言談間，猜出那位沈夜曾在馬車上打探過、相貌與阿爾文很相像的男人，正是艾爾頓帝國的叛徒——傑瑞米。

於是美人為他出謀獻策，提議他到艾爾頓帝國告發沈夜。

克里門從小順風順水，被沈夜他們暴打挾持，可說是他人生中最為鬱悶的經歷，一直讓他耿耿於懷，心裡總堵著一口悶氣。

結果克里門沒有多想，依著美人所言來到了艾爾頓帝國。他向路卡道出傑瑞米的行蹤，並順道挑撥了幾句後，原本還因自己成功出了口氣而得意洋洋，但很快地，卻又因被路卡軟禁而後悔。

雖然被軟禁，不過克里門沒有驚慌失措，因為美人在為他計畫時，有提到如果路卡鐵了心要保住沈夜，也許會把他軟禁起來。

針對路卡的態度，美人預先提出了應變方法。因此克里門在進入城堡之前，便依照美人的提點，交代了在外等待的隨從，如果不見他出來，就開始散播沈夜叛國的謠言。

另外，美人也提出要克里門在入城時高調一些，讓人人都知道安摩斯國的男爵大人特意前來晉見路卡，那麼克里門的安危必定無礙，頂多被軟禁多一些時間而已，屆時路卡無法一直關著他，只得將他放出去。

想到美人的料事如神，所有猜測說得分毫不差，克里門便對接下來的事情有了信心。他冷靜淡然的模樣，讓路卡相當訝異。

路卡這一次找克里門，除了準備釋放他，還需要克里門向眾人澄清有關沈夜的謠言。

在路卡心中，克里門只是個無關緊要的小人物，當初此人在安摩斯國與肯尼思的手下發生衝突，明明身處自己的地盤，卻不敢與對方對著幹，讓路卡認為他不是個有膽量的人，現在這副淡然的模樣，大概只是裝出來的吧？

這幾天的軟禁，應該已經把他嚇破膽了，說不定現在已經深深後悔自己因小小的怨恨而通風報信想要危害沈夜的輕率行為。路卡相信克里門為了能夠安然離開，必定會應允他的要求，不敢亂說話。

路卡卻不知道，當克里門聽完他的要求後，心裡更加淡定了。因為路卡的要求，與美人的猜測完全一樣。為了保住沈夜，路卡不僅願意釋放他，還讓他找一個機會為沈夜澄清。

根據路卡的要求，克里門必須向眾人交代他的確是前來告知路卡傑瑞米的行蹤，然而卻要向民眾謊稱沈夜對此事毫不知情。

克里門眼珠一轉，便把路卡的要求應允下來，作爲交換，他提出希望能夠參加創世日的慶典，可惜這件事被路卡駁回。

路卡總覺得克里門這要求不安好心，而且對方也不像是信仰虔誠的人，故意提出要參加創世日的慶典，說不定是動了什麼壞心思。雖然路卡現在有求於對方，可是雙方的身分差距實在太大，路卡想要整一個不聽話的小國男爵完全不是問題。

對於要求克里門爲沈夜洗脫嫌疑一事，路卡與其說是請求，倒不如說是以勢壓人，克里門不想幹也得幹！

面對路卡的拒絕，克里門不敢再說什麼，可心裡卻狠狠記上了一筆，等待有機會就要報復回來。

□

沈夜的謠言鬧得滿城風雨，賽婭等人自然很快也收到消息。身為賢者府裡與沈夜關係親近的人，他們無論如何都不相信沈夜會做出這種事。

尤其是認沈夜為主的賽婭與伊凡，他們更是無條件信任著少年。何況兄妹倆從小便認識沈夜，親眼看過他有多疼愛路卡與阿爾文兩名小皇子，他們堅信只要路卡坐在皇位的一天，沈夜就絕不可能叛國。

阿爾文昨天與路卡談過後，知道對方一定會想辦法保住沈夜。就目前的情況，沈夜愈是表現得毫不知情，便愈是顯得他的坦然與無辜，因此無論出於對事情的部署，還是顧慮到沈夜的心情，阿爾文都決定將沈夜與外界的流言蜚語隔絕。

眾人十分贊同阿爾文的決定，於是便一致隱瞞沈夜，結果整個賢者府對此事守口如瓶，外人再八卦，也不可能當著沈夜的面說三道四。而且沈夜這個人本身有點宅，加上經過上次的綁架事件，少年外出都會帶著護衛，基本上杜絕了他知道真相的可能性。

因此這段時間沈夜該幹嘛便幹嘛，日子過得很滋潤。在眾人都為創世日忙碌著的時候，他還有閒情逸致躺在獅鷲肚皮上午睡。

自從那天看到一群銀耳兔團在毛球身邊，觸目所見都是一堆毛茸茸後，沈夜當時突然覺得手好癢。無論是獅鷲還是銀耳兔，摸起來都手感絕佳，現在牠們團在一起更是萌萌噠，沈夜立即覺得自己某種開關被開啓了。

於是毛球這一天的午睡時間，躺在草地上曬太陽的生物便多了一個沈夜。毛球照舊懶洋洋地睡在庭園的草地上，可是睡姿從側臥變成仰天而睡，柔軟的肚皮頓時成了沈夜的床墊。即使在睡夢中，獅鷲的獅子尾巴還是很體貼地圈住沈夜腰間，以防他睡得太沉從肚子上摔下去。

一眾銀耳兔團在毛球兩旁，只要沈夜伸手，便能將這些手感特好的毛茸茸團又揉又摸，也太幸福了啊！

這個溫馨的午睡場面被喬恩撞見後，小孩立即丟下透明藥劑的研究，想要與最喜歡的沈夜哥哥一起午睡。可惜毛球那柔軟又沒防備的肚子只願意給沈夜觸碰，雖然牠與喬恩已經很熟了，可是卻連露出肚子給孩子摸一下都不願意。

毛球的拒絕讓喬恩瞬間黑化，那副恐怖的表情嚇得沈夜猜想自家女兒是不是要報復社會，想著一會兒要怎樣與小黑來場心理輔導了。

未能如願躺上獅鷲的肚皮，喬恩乾脆不午睡了，氣沖沖地返回實驗室繼續藥劑研究。漢弗萊等藥奴看著小黑黑著一張臉把自己關在研究室的模樣，皆在心裡祈禱著這孩子別調製出太恐怖的藥劑／毒藥來折騰他們。

隨著夕陽往西方落下，西邊天空被映照出一片金紅色。傳說創世神最先創造的是黑夜，因此創世日的儀式、活動都是在太陽下山後才正式開始。

雖然沈夜覺得自己去參觀自己創世（？）的紀念日有點怪，但他還是對這個節日感到十分好奇，想要見識一番。加上身具艾爾頓帝國高層的責任，他無論如何是不能缺席的。不然被人戴上一頂「不敬創世神」的帽子，那便有理說不清了。

因爲晚些還要參加創世日的慶典，因此沈夜今天決定放假一天不辦公。午睡醒來後也沒有立即起身，而是讓下人取了一本書給他，躺在獅鷲肚皮上看小說。

賽婭見時間差不多了，便前往花園提醒沈夜。當她接近時，原本看似睡得很沉的毛球立即睜開眼，那雙金棕色獸瞳眨也不眨地盯著賽婭。確定迎面走來的是熟人後，這才收起一身氣勢，繼續當無害的床墊。

賽婭見狀忍不住感慨，毛球在沈夜面前就像頭大型萌物，害她老是忘記獅鷲本是實力強大、位處於頂端位置的魔獸——即使的眼前獅鷲還很年輕，未到達牠們一族的巔峰時期。

也幸好毛球平時在外會收斂氣勢，不然皇城的人民也許不會這麼輕易地接受牠。現在牠成了賢者府的吉祥物，倒是小葵素來喜歡宅在家裡，即使出門也是縮得小小地待在沈夜頭上，只有一些親近的人才知道賢者大人除了有獅鷲這頭契約獸，還有一株契約靈草。

□

沈夜一行人出發前往神殿時，那裡已經熱鬧非凡。不少參與慶典的人民都提早前來，人人穿著新衣，臉上一片喜氣洋洋；遇上認識的人時，會笑著說一聲「創世日快樂」。沈夜覺得這個世界的創世日，倒有點中國新年的味道。

創世日的祭祀儀式會在神殿舉行，當沈夜到達時，神職人員已經準備好儀式所需用品。待儀式完畢後，人民便會移往廣場狂歡一整晚，一起唱歌、跳舞，以及祈禱。

雖然同樣是創世神的神殿，艾爾頓帝國的卻與沈夜曾到過的失落神殿的建築風格完全不同。對此沈夜並不覺得意外，畢竟兩者之間有著國家風俗與時間上的差異因素。

兩座神殿唯一相同之處，便是在主殿中矗立著他並不陌生的創世神雕像。

艾爾頓帝國的神像樣式與失落神殿中的神像相同，都是一名少年拿著卷軸的模樣。現在沈夜當然不能像當時一樣，踩上神像的肩膀看看卷軸上到底寫著什麼，然而如無意外，上面應該是用中文刻劃出他所寫的小說內容。

當祭祀儀式舉行時，沈夜終於如願看見了希潔爾祭司。

說來有趣，雖然沈夜來到皇城定居已有段日子，可是至今卻未與希潔爾私下有過交流，都只是從別人口中知道對方的性情，並得知她是個很有才華的年輕祭司而已。

其實最主要的原因是沈夜不知該以怎樣的心情，來面對這位算得上是他最忠實信徒的大祭司。

況且根據傳說，祭司能夠繼承創世神的部分神力，那麼，說不定希潔爾能夠辨認出他就是創世神，那事情就大條了！

即使希潔爾曾獲得創世神的啓示，聲稱沈夜是創世神的寵兒，幫助了初來皇城的他融入艾爾頓帝國，但沈夜只要一想到要面對這位能力成謎的祭司，便覺得特別心虛。

希潔爾祭司是位很美麗的女性，看起來比賽婭要大上一些，大約二十三、四歲。記得在路卡與阿爾文還是小皇子時，希潔爾便已經成爲祭司了，這麼算起來，當她成爲祭司時還只是個小孩子，也難怪會被譽爲艾爾頓帝國史上最有天賦的天才祭司。

希潔爾有著一頭黑色長髮與湛藍眼眸，這還是沈夜第一次在這個世界裡看到黑髮色的人，忍不住對希潔爾生出一種親切感。

不同於沈夜的想像，希潔爾並沒有一副悲天憫人的聖女模樣，臉上反而淡淡、沒有什麼表情。高潔的氣質加上美麗的容貌，希潔爾一現身便是仙氣逼人，一舉手、一投足，顯得優雅動人。

希潔爾在民眾間有著很高的威望，一出場，本來鬧哄哄的廣場頓時安靜下來。女祭司面對著眾多信徒，微微勾起了嘴角。這是一個很淡的微笑，可是卻像在一張素白的紙張上了一抹亮色般，令她整個人頓時明亮起來。

隨即便是一連串祭祀儀式，整個過程非常肅穆。這種氣氛感染了沈夜，即使他知道他們所崇拜的創世神並不存在——或者應該說，他們只是他筆下小說的角色，要是真的有創世神，那便是他本人——可是沈夜依然不由自主地屏息看著。

即使不爲別的，光是因爲眾人沒有絲毫雜質的眞心與虔誠，便足以讓沈夜肅然起敬。

沈夜被眾人虔誠的舉止震撼，在儀式的最後，當眾人在希潔爾的帶領下進行禱告時，他也像眾人一樣閉上雙目祈禱——即使少年覺得自己對自己祈禱，感覺實在怪怪的。

就在祈禱完畢之際，沈夜突然感到身上暖洋洋的、很舒服，就像有一道溫暖的光芒照在他身上，身上每個毛孔無一不舒暢。

雖然舒服的感覺讓人十分留戀，可是突如其來的異樣還是嚇了他一跳，少年連忙睜開眼睛、環視四周，卻不見絲毫異常，更沒有他剛剛感受到的溫暖光芒。

沈夜四處張望的時候，眼神不期然與剛結束禱告的希潔爾祭司對上。看著對方訝異又複雜的眼神，沈夜心頭「喀噹」一聲，有種「剛剛發生了不得了的事情，而且還被對方發現」的感覺。

可是他這個當事人完全不知道發生了什麼事啊！早知道就不閉上眼睛祈禱了，說不定還能及時看出些端倪。

儀式圓滿結束後，民眾便移動到較爲廣敞的廣場，那裡已經準備了不少食物與美酒。

這些東西全都由神殿提供，作爲這個世界唯一的信仰，創世神殿雖然平常很低調，可是每天收到的捐獻絕對不少，可謂富得出油。在每年一度的創世日中，神殿一方更是毫不吝惜，所提供的吃食不僅量多，而且檔次不差，絕對能夠讓人民盡情狂歡一整夜！

Chapter 4
指控

創世日的祭祀儀式雖說不上多複雜，可折騰了一番後，眾人的肚子都餓了，皆上前享受著神殿準備的美食。

沈夜也不例外，帶著喬恩高高興興地從眾多美食中挑選想吃的，這種自由的氣氛滿像地球上大家吃自助餐的感覺，只是規模大很多。

席間，沈夜感受到不少人以異樣的目光盯著他看。自從他成爲賢者後，算是皇城中的名人，不過時間久了便不再受到那麼多注目，因此少年以爲這些目光都是外來的客人，並沒有太在意，卻不知道伊凡他們均全神戒備著，深怕有些不長眼的人在沈夜面前提起最近的流言，破壞少年玩樂的興致。

「賢者大人？」正當沈夜挑選好食物、準備大吃大喝之際，聽到有人這麼喊了一聲。

沈夜回首，有點訝異會在這裡遇到熟人，笑著打了聲招呼：「康妮，難得在城堡外看見妳呢！卡洛兒呢？她沒有和妳一起嗎？」

這位康妮，正是在城堡工作、曾經誹議過賈瑞德而正巧被沈夜聽見的兩名侍女之一。

因為有了那次一起談八卦的情誼，加上他們年紀相若，三人不知不覺便熟絡起來。娃娃臉侍女康妮，與另外一名有雙漂亮桃花眼的侍女卡洛兒，兩人是很好的朋友，又一起在城堡工作，在沈夜眼中，兩個女孩總是形影不離。

因此沈夜見到了康妮，便自然地詢問卡洛兒的去向。

康妮聞言，壓低了聲音說道：「卡洛兒今早的工作出了些小問題，不小心把床單染上難洗的污跡，現在正努力補救，要晚一點才能過來參加慶典，所以我便先和彼得逛著等她。這件事要是讓侍女長知道就麻煩啦！您要幫忙保密喔！」

沈夜這才注意到康妮旁邊站著一個長相平凡、看起來很老實的紅髮青年。這位名為彼得的青年見沈夜往自己看來，便向他打了聲招呼：「您好，我是康妮的朋友。」

沈夜挑了挑眉：「是男朋友吧？」

彼得露出甜蜜的笑容，憨厚地點了點頭。康妮亦大大方方地秀恩愛：「對啊！我們預計秋收後就要結婚了。」

沈夜聞言忍不住訝異，康妮只比他年長一歲，在他眼中，現在結婚也太早了些。不過沈夜立即想到這個世界的平民大多是早早結婚生子，而且嫁娶的多是從小一起長大、知根知柢的青梅竹馬；只有不愁生活的貴族，才會有閒情精挑細選地慢慢擇偶。以康妮的年紀，其實相較一般平民的結婚年齡，也不算小了。

「恭喜！」沈夜真誠地送上祝福。

賢者大人的祝福顯然讓這對準新人受寵若驚，兩人道謝後彼此相視一笑，眼中滿滿都是對方的倒影，十指相扣的手、空氣中浮現的各種粉紅色泡泡，閃得沈夜這個單身人士睜不開眼。

「我們就不打擾賢者大人了，創世日快樂。」與沈夜打過招呼後，這對小情侶並沒有賴著不走，很識趣地與沈夜道別。

少年被兩人旁若無人的放閃閃得一臉血，沒有多加挽留，他們再多待一會兒，他的血槽都快要見底了！

就在眾人吃吃喝喝期間，一名穿著祭司服飾的女子來到沈夜身旁，代希潔爾大祭司向少年提出邀請。

沈夜突然想起剛剛祈禱完畢後，希潔爾看著自己的眼神。雖然想到要面對希潔爾，少年便覺得很彆扭，可對方都出言邀請了，拒絕就太說不過去，於是沈夜便讓賽婭他們照看著喬恩，獨自尾隨那名祭司來到希潔爾面前。

將沈夜領來後，那名祭司便離開了。此時兩人所在的位置比較偏僻，加上四周的人忙著吃東西，根本沒注意到沈夜與希潔爾這兩個八竿子打不著的人正待在一起，即使有一、兩個人注意到，見他們一副有話要說的模樣，也沒有不識相地上前打擾。

希潔爾把沈夜喚來，卻沒有立即道出她的意圖，而是略帶好奇地上下打量他一頓。沈夜與希潔爾不熟，本就不知該與她說什麼才好，現在還被對方眨也不眨地打量著，讓他不禁有些尷尬。

「你是什麼人呢？我還是第一次看到游離法則之外的人，而且你還能夠吸收創世神的信仰之力。」希潔爾的嗓音很動聽，而且說話語調柔柔的，聽著讓人感到很舒服。

然而對方這句看似漫不經心說出的話語，聽在沈夜耳中，彷彿驚雷一般。

雖然希潔爾不知道他就是創世神，但顯然對方已察覺出他的不同之處！

沈夜面對希潔爾的詢問，不知道該如何回答才好，總不能坦白自己就是創世神啊！

要是他眞的這麼說，說不定教廷的人會立即以褻瀆創世神的罪名將他綁起來巴比Q了！

於是沈夜只得裝作聽不懂。其實他也並非全都是裝的，對於希潔爾提出的「法則」與「信仰之力」，少年的確聽不太明白，因此表情格外無辜：「我不太明白妳在說什麼？」

希潔爾默然地看向沈夜，女孩的眼睛很清澈，彷彿能夠看穿人的靈魂，察覺對方埋藏在心底的祕密。在她的注視下，沈夜無辜的模樣幾乎hold不住了！

他不禁再睜大了點眼睛。

看看我！看這純潔的眼睛！

也許是少年內心的吶喊有了效果，希潔爾並沒有繼續追問，反而仔細爲沈夜講解起來：「雖然你我二人從沒見過面，但其實我已經注意你很久了。也許你本人不知道，但當年從你誤入失落神殿、直至重新現身，足足相隔了十五年，這是史無前例的事。失落神殿有著創世神神力的保護，處於空間的狹縫中。在這個世界裡，時間與空間都受到法則限制，然而你卻超越了時間束縛，這是從未有過的事情！於是我便知道你一定是在失落神殿中受到了創世神的青睞，從而能某種程度上不受法則的限制，我說的對嗎？」

沈夜聽到希潔爾的話，頓時哭笑不得。他本就覺得奇怪，為什麼自己與這位大祭司從未謀面，對方卻在他進入皇城不久時，便說出他受創世神青睞的話，原來是這個原因！

沈夜十分清楚，他之所以與別人有十五年的落差，是因為他放棄了回地球的機會，堅持要回來這個世界，因而強行打開通道，造成空間混亂，和創世神根本沒有任何關係！

少年見希潔爾愈說，眼中的神情便愈是崇拜熱切，都不知道該說什麼才好了。

所以說腦補是病啊！得治！

「我有點明白妳的意思了……那麼妳先前所說的『信仰之力』又是什麼？」雖

然沈夜知道眞相，卻因被人解讀成受創世神青睞而感到很心虛。可是他無法說出眞實原因，而且這種誤解對他來說比較有利。於是沈夜便沒有否認，繼續一臉「我什麼都不知道，既然妳說是這樣那就這樣吧」的無辜表情。

希潔爾聽到沈夜詢問信仰之力，神情更加熱切了：「信仰之力會從信徒的祈禱中產生，這種力量本應屬於創世神，我們祭司身爲創世神的使徒，能夠獲得些微的信仰力量。然而剛剛我看到了，明明不是祭司，卻能夠吸收信仰之力，而且吸取的分量還不少！賢者大人果然是創世神的寵兒！」

沈夜立即想起在禱詞結束後，自己感受到的那種暖洋洋的舒適感。原來這便是信仰之力嗎？

聞言，他露出受寵若驚的表情，一副非常高興自己獲得創世神青睞的模樣。但其實少年在心裡對於希潔爾的話有著另一番見解。

教廷的祭司自成一個體系，他們能夠從創世神身上獲取力量，進而用於治療人們的病痛。他們有點像魔法師，力量來源卻又與魔法師完全不同。

根據希潔爾對信仰之力的解釋，沈夜大膽做出一個假設：所謂的祭司，說白了就是比較特別的魔法師。如同魔法師要吸取外界的魔法元素，祭司所需的能量，就是信徒的信仰之力。

對於希潔爾的說法——他們這些祭司是創世神行走在世上的使者，所以感動了創世神賜予他們部分力量什麼的，沈夜卻是不認同的。

因爲他本身就是創世神啊！在接觸信仰之力以前，他連這種力量的存在都不知道耶！

信仰之力在沒有信仰的沈夜眼中，是一種意志力具體化的能量。

地球也有一些相似的例子：患了重病的人，有了信仰後病情逐漸好轉。在宗教的角度，人們會認爲這是神蹟。可是在沈夜這種無神論者看來，卻是因爲這些人有了寄託，強大的意志力再加上放寬了心情，這才讓病情好轉。

凡事都先聯想到創世神的這種思維，對教廷來說其實也是利多於弊。畢竟神明這東西看不見也摸不著，要是教廷不時常把神蹟掛在嘴邊，把他們所擁有的力量說成是創世神賜與的話，或許人們很快便遺忘掉這沒什麼作爲的創世神了。

更何況，教廷的言行並不是宣傳策略，而是出自眞心地這麼認爲，連演技都可以省了。

於是沈夜這個人在教廷眼中，便成爲了創世神的寵兒。尤其這次在希潔爾面前吸收了分量不少的信仰之力後，更是坐實了這個名號！

誰能無視法則，在失落神殿裡穿越時空？

誰又能在毫不自知的狀況下，吸取那麼多信仰之力？

沈夜要不是創世神的寵兒，這完全說不通嘛！

人們總認爲耳聽爲虛、眼見爲實。他們更願意相信自己分析出來的「眞相」，即使有時候對內情並不如自己所以爲的那麼了解，很多事也只是腦補所得出來的結論。

沈夜與希潔爾的交談雖然並不張揚，但也被一些有心人看在眼裡。最近因爲傑瑞米的流言，賢者大人成爲眾人閒聊的熱門話題。雖然大家都只是半信半疑，並沒有任何實質的證據，可是沈夜的威望還是有點受影響。

現在見話題主角沈夜與希潔爾言談甚歡，眾人便想起希潔爾曾經提及過少年是創世神寵兒的言論。民眾們頓時覺得，能夠獲創世神青睞的人，一定不會做出叛國這種事情，這事恐怕眞只是流言吧？

然而沈夜不知道別人的心理變化，他思考著如果自己也能夠吸收信仰之力的話，那是不是也能使用祭司的技能？

於是少年立即興致勃勃地詢問希潔爾平常利用信仰之力、使出聖光爲別人治療時是怎樣做的。面對著沈夜這位創世神的寵兒，希潔爾沒有藏私，詳細地把祭司的訓練內容全盤告知。

雖然希潔爾把事情解釋得很詳細，然而對沈夜來說，卻猶如聽天書般茫然。

什麼保持心靈純淨啊、每天要花數小時向創世神禱告啊……他明明每個字都聽得懂，可是組合起來卻完全不明白原理啊，怎麼辦！

向自己禱告眞的有用嗎？莫名地有恥感啊！

聽完希潔爾長篇大論的講解，再經過沈夜用自己的想法解讀後，少年還是覺得這些訓練皆與意志力有關。

希潔爾這些祭司全心全意地相信這是創世神給予的力量，因此當他們向創世神禱告時，便成爲一種使用力量的途徑。

可是沈夜卻沒有希潔爾的堅定信仰，因此想要使用信仰之力，也許便要用不同的方法。

少年知道這事急不來，於是決定先把它放在一邊。他向希潔爾道謝後，便返回喬恩他們身邊。

此時喬恩正在大吃大喝，沈夜看了眼她正在吃的東西，發現不知不覺間，這孩子又換芯了。

喬恩喜好清淡的食物，也很喜歡吃甜點；然而小黑卻很喜歡吃肉、討厭吃菜和甜品。因此他一看到孩子拿著烤羊串在咬，便立即認出這是小黑了。

明明使用著同一副身體，眞不知道她們爲什麼會有那麼大的不同。

其實沈夜與喬恩一樣偏好清淡口味，不過看小黑吃得津津有味，他覺得這烤羊串好像特別美味似的，也取了一串來吃。

小黑看到沈夜與自己選擇一樣的食物，彎起了嘴角，不知爲何覺得有點小開心。

然而小黑是個彆扭的孩子，明明很高興沈夜回來陪自己一起吃東西，可是說出來的話卻總是帶刺，彷彿有多厭棄對方：「你怎麼回來了？不與那個漂亮姊姊說話了嗎？」

沈夜早已習慣這孩子的口是心非，聞言揉了揉小黑的腦袋，笑道：「她可沒有我們家小黑漂亮啊！」

小黑頓時滿臉羞紅，裝作生氣地瞪了沈夜一眼，可是那愉悅的小眼神卻出賣了她的好心情：「騙人，她可是比我漂亮多了。」

沈夜莞爾一笑，正想要再逗逗她，卻被廣場上的一陣騷動吸引了注意。

因為先前在廣場有過可怕經歷，當聽到人們突然一陣騷然，沈夜立即便抱起喬恩，警覺地往騷動發生處望去。而賽婭，以及不知先前隱身在哪的伊凡，則一左一右地護衛在少年身邊。

「發生了什麼事？是在舞台的方向？」沈夜見人們並沒有如想像般往自己擠來，反而往另一側移動，忍不住鬆了口氣。安下心來後，少年便發現前方民眾都抬首注視著舞台上的人。

這個舞台雖然是臨時搭建的，但無論形式與用料一點都不馬虎。偌大的舞台上，至少可以同時容納三組不同人馬表演。

原本眾人吃飽喝足之後，會有不同的表演團體在舞台上演出，各種活動會持續到隔天清晨。

傳說創世神會在創世日這天降臨凡間，並化成凡人在人群之中觀看舞台上的表演。

當沈夜聽到這傳說時都囧了，他怎麼看都覺得這種傳說，與鬼節打醮時上演的戲曲有異曲同工之妙……

現在正值民眾吃喝的時間，各種表演還未開始，因此舞台上理應沒有人在。當那人走上空蕩蕩的舞台時，頓時顯得非常顯眼。

沈夜所在之處離舞台有點遠，只看得出對方是名肥胖的男性，而且似乎正向下方民眾說著什麼。

到底這個人說了什麼，讓人們有這麼大的反應呢？

此時，遠處人群突然傳來一聲呼喊：「賢者大人在那裡！」

前方民聚聞言回首，很快便發現位處後方的沈夜，畢竟他的外貌十分顯眼，即使身處人群之中，仍是立即被認出來。

完全不知道發生什麼事的沈夜，一臉茫然地問：「現在到底怎麼了？」

前方人群發現沈夜後，開始想朝他的方向擠去；而他四周的人群還不知道發生什麼事，只是好奇地看了看舞台，又看了看沈夜。

見人群開始往自己推擠，沈夜有點緊張了，緊了緊抱著喬恩的手，正想要往後退，便見有城衛兵趕來維持秩序。

隨即沈夜便見路卡與阿爾文行色匆匆地過來，兩人神色都非常難看。

「到底怎麼了，出了什麼事情？」沈夜看到兩人的表情，心裡生出不祥預感。路卡兩人的心理質素向來很強硬，鮮少有事會讓他們當眾變了臉色。

路卡察覺到沈夜臉上的不安，柔下了神色對他笑了笑，語氣帶著安撫：「沒關係的，事情我和皇兄會想辦法解決。小夜，你與我們上舞台走一趟。一會兒的事情都交給我們，你先什麼話都不要說，往後我們會把事情告訴你。」

聽到路卡的話，沈夜知道一定是出了大事，而且事情還牽扯到他。不然以路卡和阿爾文的性格，是不會讓他直接面對危險的。

不過沈夜也不是那種出了事便躲在別人背後的人，如果這場騷動是因他而起，那他寧願直接面對，也總好過被蒙在鼓裡。

沈夜臉上雖然仍帶著不安，但眼神卻變得堅毅，點了點頭說道：「我明白了，你們不用擔心我。」

三人達成共識，便舉步往舞台走去。此時站在舞台上的人已被衛兵抓住，卻仍在激動地說著什麼。當沈夜走近一些後，終於認出台上的人到底是誰！

竟然是曾被他們挾持的安摩斯國的男爵，克里門！

他什麼時候來的？他來艾爾頓帝國幹什麼？

想起剛剛的騷動，再想到路卡與阿爾文前來找他時的模樣，沈夜心裡不安的預感更為強烈了。

難道……

心裡生起某種猜測的沈夜，此時已走到舞台邊緣。被衛兵抓住的克里門看到正往舞台上走的少年時，立即高聲呼喊：「我向創世神發誓，我說的話沒有虛言！我確實曾向賢者大人提及傑瑞米的行蹤，可是他卻對國家隱瞞這個消息。後來我將此事告知路卡陛下，卻反被軟禁在城堡裡！難道你們艾爾頓帝國就是這樣對待他國的朋友嗎？」

沈夜聽到克里門的質問，頓時感到遍體生寒。他猛地聽到對方當眾道出他隱瞞的事情，一時間只覺得倉皇失措，心裡不停地想著：糟糕了！事情東窗事發，該怎麼辦!?

沈夜略帶僵硬地環視四周，發現所有人都在注視著他，並且等待他的答覆。眾人充滿懷疑猜忌的目光刺痛了沈夜。在少年的想法中，雖然隱瞞傑瑞米的消息確實是他的不對，可是他覺得這件事並沒有什麼大不了。然而現在，事情卻似乎朝著意想不到的方向發展。

只能說，沈夜雖然很聰慧，而且在現代社會長大的他，眼界也比這個世界的人開闊得多。可是他缺乏政治的靈敏度，小市民心態也讓他一直沒有自己已經身居高位的自覺。

沈夜並不明白政治是黑暗的，有時候只是很小的事，但在有心人的操作下，便會成爲推倒他的黑材料。

換句話說，以沈夜現在這種心態，這個跟斗他栽得一點都不冤！

Chapter 5
質問與猜疑

面對克里門的指控，沈夜雖覺得即使承認下來也沒什麼大不了，可是他不蠢，少年從人群憤慨又疏離的態度中感覺到異樣，再加上有路卡先前的叮囑，因此聽兩人的話，沉默著不發言。

見沈夜沒有認下罪名，路卡心裡鬆了口氣，隨即皺了皺眉，道：「克里門大人，我很感謝你把傑瑞米皇叔的消息帶來艾爾頓帝國，可是這並不是你誣衊我國賢者叛國的藉口。小夜的確曾在安摩斯國停留，但卻不知道任何有關傑瑞米皇叔的事，也沒有與皇叔勾結。」

路卡一番話雖然說得信誓旦旦，神情非常冷靜淡然，但其實心裡快把克里門罵死了！

明明他們已經事先說好，克里門會出面為沈夜澄清。然而不到半天，這人竟然弄出了這一齣！

在路卡心裡想來，替沈夜澄清一事對克里門來說輕而易舉，也不會對他造成什麼損失，而且事後克里門還能獲得價值不菲的報酬，根本是雙贏的局面，這男人理應沒有拒絕的理由。

可是他卻忽略了克里門並不是個聰明人。對方本就是個感性大於理性的人，爲了爭一口氣，頭腦發熱起來不會太在乎自己是否損失一些利益，損人不利己的事他可沒少幹！

於是便造成路卡因克里門的允諾而放鬆了戒備，然後克里門不知怎地，竟從城堡逃了出來，趁著創世日慶典，跑到舞台上當眾道出事情！

當得知克里門在舞台上將一切娓娓道來時，路卡便知道想要再遮掩已經來不及了。

然而再怎麼生氣，他也不能在眾目睽睽下對克里門做什麼，甚至還要保護這男人的安全。不然在這風尖浪口上讓克里門出了什麼事情的話，輿論只會對沈夜更加不利。

雖然克里門還是有分寸，沒有將路卡與他的協議，以及被軟禁一事道出、把事情做絕，可是男爵大人進入城堡後，莫名其妙被滯留在裡面，直至謠言越演越烈時才面對公眾。眾人再想到路卡對沈夜的看重，不少聰明人已經猜到，是路卡爲了替沈夜遮掩，才把克里門軟禁起來，以免他亂說話。

因此這次事情一出，路卡再也不能偏袒沈夜了。不然在眾人眼中，他只會成了感情用事的昏庸君主。

不是路卡愛惜羽毛而決定犧牲沈夜，而是他要是強行壓下這次的事，那沈夜身上的污水便再也洗不掉了。

現在路卡可以做的，便是先安撫好民眾的情緒，並進行應有的程序，讓沈夜協助調查，努力爲少年擺脫叛國的罪名。

於是在沈夜這個當事人還對事情一知半解的狀況下，便被人以「協助調查」的名義帶進了城堡。這次不同於以往只是路卡單純的邀請，領他進去的衛兵足有一支小隊，與其說是護送，倒不如說是爲了防止他逃走。

此時路卡與阿爾文仍忙著在廣場安撫民眾，以及與各權貴周旋。至於賽婭等賢者府的人則不被允許同行，只得留了下來。一時之間，被帶走的沈夜有了幾分眾叛親離的感覺，心裡忍不住慌亂了起來。然而他也知道自己此時絕不能添亂，甚至還要做出無愧於心的模樣，挺起胸膛跟著衛兵離去。

看著沈夜被衛兵押送離開的模樣，克里門一臉解氣。這次他趁著城堡守衛的疏忽找到機會跑了出來，當然不會再返回城堡裡。何不藉此大好機會，抓緊時機離開艾爾頓帝國？

這次男爵大人很聰明地尋求了教廷的庇護，並請求一些同情他遭遇的權貴護送他回家。

克里門想要回家，這是天經地義的事情。路卡和一些擁護賢者大人的大臣們再怎樣想在沈夜嫌疑洗清前，把人留下來，在眾目睽睽之下只得放行。畢竟克里門並不是罪犯，甚至還是帶來傑瑞米情報的恩人，他們總不能扣著人不放。

於是克里門來到艾爾頓帝國、挖了一個大坑給沈夜跳之後，便洋洋得意地全身而退了。

□

城堡地底設有一個關押重犯的水牢，所幸沈夜貴爲一國賢者，在審判以前都算是無罪之身，被護衛們帶到城堡後，便被安排到會客室等候。無論是護衛還是城堡的下人，面對他時都沒有表現出絲毫不敬。

但沈夜還是覺得相當難受，尤其是一直被蒙在鼓裡這件事。對他而言，事情發生得太突然了，最糟糕的是，他這個當事人還對整件事一知半解，偏偏路卡他們卻彷彿早有所聞，這讓沈夜忍不住胡思亂想起來。

不安的人總容易鑽牛角尖，想法也會變得負面。路卡責備克里門時提及了「叛國」、「勾結」等字眼，沈夜想著路卡與阿爾文瞞著他這件事，是不是其實心裡也相信他叛國的流言，只是因爲情誼而不好對他出手，所以才沒有把事情如實相告，並邊暗地裡爲他擺平事情，邊調查他叛國的線索？

甚至……會不會他們覺得他與傑瑞米勾結，所以把他當餌引傑瑞米自投羅網？

等待的時間總特別漫長，雖然路卡與阿爾文已盡快趕來，可是沈夜仍覺得時間過了很久很久。

當路卡他們把這幾天發生的事詳細告訴沈夜後，沈夜不禁抱怨道：「你們應該早些告訴我的，我就不會這麼被動了。」

其實路卡和阿爾文也後悔當初太過自信，以爲能保護好沈夜，而選擇隱瞞他。

可是聽到少年的抱怨後，心裡還是有些不舒服。

他們忍不住會想，自己因爲這件事而操心不已，甚至損害了名聲也要保住對方，沈夜爲什麼不能體諒一下他們的辛勞呢？

何況出了這種事，追根究柢還不是因爲沈夜的錯？要是他一開始沒有隱瞞傑瑞米的行蹤，那也不會衍生出這麼多事端。現在倒好，對方反而怪他們隱瞞事情？

路卡與阿爾文剛剛才被不少民眾質疑偏幫沈夜，已經覺得很煩心了，現在還被沈夜抱怨，心情更加不好，阿爾文說話態度不禁惡劣起來，甚至帶了些質問的語氣：「小夜，你爲什麼要隱瞞傑瑞米皇叔的消息？要說你投靠了歐內特斯帝國，我們是絕對不相信的。可是你這麼做的目的是什麼？」

聽到阿爾文充滿質問的詢問，再看到路卡蹙著眉一臉不贊同的表情，原本已在鑽牛角尖的沈夜，更加覺得自己剛剛的想法沒有錯！

阿爾文與路卡眞的在猜疑他！

這個想法令沈夜非常難過，如果說在這個世界他最信任的人是誰，那必定是路卡與阿爾文二人。即使是賽婭、伊凡與喬恩，都要往後站。

他穿越到這裡時，最先遇到的兩名小皇子，是他在這個世界最大的牽絆。

爲了他們，沈夜甚至放棄了地球安穩的生活，只爲了在這裡陪伴對方，留在他們身邊守護，不讓那個悲傷的未來降臨在兩人身上。

沈夜信任路卡與阿爾文，也相信兩人同樣信任自己。即使過了十五年，他們的身分變得不同了，但沈夜認爲他們的情誼並不會改變，他能夠安心地把背後交給這兩個人。

可現在，沈夜突然覺得原來這個世上，沒有任何東西是不會改變的。原來有些人，不會在他每次回頭時都在。

雖然面對叛國的指控，路卡與阿爾文仍是毫不猶豫地選擇保護他，可是沈夜知道，他們之間的信任已經有了裂痕。

但他卻無法向兩人解釋自己的做法，當初正因爲不知該如何向他們解釋那個坑爹的未來，所以才決定隱瞞傑瑞米的行蹤，現在該怎麼對他們說才好？

何況，沈夜即使告訴他們眞相，可是小說的劇情走向只有他自己知道，他又該怎麼證明自己說的是對的？

早知道當初寫小說的時候，就不要因爲惡趣味而增加那個狗血的設定了！

沈夜深表感悔！

見沈夜一臉鬱悶，卻倔強著不開口的模樣，路卡兩人知道暫時是得不到答案了。

兩名青年有些懊惱對方到現在都還不說實話，也有些不高興了，略帶冷漠地簡單交代沈夜留在城堡裡不要到處跑後，便轉身離開。

事情愈鬧愈大，路卡與阿爾文急著與一些支持沈夜的大臣商量對策。然而看在沈夜眼中，卻是他們賭氣似地離開，一句話也不想與自己多說的模樣。

□

因爲發生克里門指控沈夜一事，雖然接下來一切慶典活動如常進行，可是眾人卻顯得心不在焉。

傳聞是一回事，聽過笑笑便罷。可是現在故事中的克里門卻現身說法了，還在創世日這種神聖的日子向創世神起誓，他所說的話還會有假嗎!?

民眾都很喜歡沈夜這位有能力、性格平和友善的賢者大人，可是他如果眞的背叛了國家，那絕對是超出眾人的底線。

歐內特斯帝國還眞是過分，無論傑瑞米還是沈夜，都是對艾爾頓帝國十分重要的人，竟然把手伸到帝國的高層，那會不會還有其他大臣與歐內特斯帝國有所勾結？

艾爾頓帝國與歐內特斯帝國素來是敵對關係，雖然這些年來爲了讓百姓休養生息而停戰，可是彼此卻心知肚明，多年戰爭所引起的仇恨絕不會輕易消除。再加上當今歐內特斯帝國的皇帝亞伯勒是個野心勃勃的人，也許離兩國開戰的日子已經不遠了。

人民討厭歐內特斯帝國，更憎恨爲了利益而背叛國家的人，同時也因爲嗅出戰爭的煙硝味而心裡不安。

也許戰爭，眞的不遠了。

不同於眾人的憂慮，當混在人群中的瑪雅看到克里門站上舞台，而沈夜隨後也在民眾猜疑的目光下被押進城堡時，她幾乎用盡全身的力氣，才能忍住大笑出聲的衝動。

看著討厭的人從神壇上跌落塵埃，面臨著身敗名裂的危機，瑪雅覺得實在沒有比此事更能解氣的了！

沈夜被軟禁的第二天早上，瑪雅便向路卡提出想要見沈夜一面的請求。理由是她非常敬仰沈夜，也十分擔心賢者大人的情況，想要爲他打打氣。在這種敏感時刻，路卡當然不會輕易放任何人與沈夜見面，便拒絕了瑪雅所求。

瑪雅當然不是眞的擔心沈夜，她只是爲了做戲給那個眞實身分成謎的同僚看，並順道在路卡面前刷刷好感。被路卡拒絕後，瑪雅表面上非常失望，卻依舊懂事地沒有強求，可是內心卻因爲被拒絕而竊喜著。

回到家裡後，瑪雅便立即聯絡了巴德，一臉遺憾地表示她無法與沈夜見到面，自然無法辦到之前巴德要求她代爲招攬沈夜一事。

另外，瑪雅也提到賈瑞德曾多次招攬沈夜，可是少年依舊無動於衷。相信即使由她去當說客，結果仍是一樣，而且還可能會暴露錫德里克家族的間諜身分。

瑪雅說罷，見巴德並沒有露出不滿的神色，這才提出了她的建議。

根據現在的形勢，瑪雅認爲一個死掉的賢者遠比活著的有用處。

首先，沈夜是路卡忠實的支持者，而且還對瑪雅有著謎一般的防範。要是沒了此人，除了能削弱艾爾頓帝國的力量，瑪雅成爲皇后的機會也會大大提升。

其次，把沈夜弄成畏罪自殺的模樣，也能讓路卡和他的支持者大受打擊。另外，已有不少大臣因不滿路卡包庇沈夜，紛紛要求路卡要秉公辦理。要是沈夜一死，路卡勢必會遷怒這些大臣，甚至認爲是他們逼死沈夜。

聽完瑪雅的分析，巴德笑道：「妳還眞的很討厭那位賢者大人啊！這麼迫不及待便想讓他死了。」

雖然明知道瑪雅有私心，可是聽過對方的分析後，巴德的確心動了。

路卡是一個強大的敵人，他看起來像他父皇一樣溫和無害，但其實這名青年狡猾得很，也狠得起心。雖說兩國談和了，但暗地裡亞伯勒沒少與路卡交鋒，每次都討不了好，有時候還惹得一身腥。

但即使路卡再強大，他還是有重要、要保護的事物，而這些東西便是對付他的弱點。只要有弱點，那他便不是無敵的。

再強的敵人，只要方法對了，便能夠將對方打倒。而巴德希望，沈夜會是這個弱點。

「好吧。我會派人弄死沈夜，並裝作畏罪自殺的模樣。妳這段時間安分一點，可別惹人懷疑了。」

聽到巴德的話，瑪雅立即喜上眉梢。雖然她仍然很想知道巴德安排在城堡裡的人到底是誰，可是她知道再怎麼問，巴德還是不會說，說不準還會被他刺幾句。反正她的目的已經達到，便很識趣地沒有開口，免得自討沒趣。

□

沈夜剛來到皇城時，在城堡裡住了一段日子。後來他雖搬進了賢者府，但在城堡的房間卻被保留下來，每天都有下人清理。因此這次沈夜被帶進城堡後完全不用特別安排，直接便入住了那間房。

雖然房內的各種擺設保持著他離開時的模樣，可是此番住進去，沈夜的心情卻與先前截然不同，頗有點物是人非的感慨。

路卡為了故意做做樣子，給那些抨擊自己偏袒沈夜的人看，他安排了護衛看守沈夜的房間，全天候守在沈夜房門前。對此沈夜並不在意，即使沒有這些護衛，他也不敢離開房間。

雖然先前的會面並不愉快，可是沈夜知道自己的無心之失，為路卡他們帶來了不少麻煩，現在他唯一能做的，便是乖乖留在這裡，不要去添亂了。

其實在沈夜心中，隱瞞傑瑞米消息一事真的沒什麼大不了。沈夜不能否認他當時選擇隱瞞，是有想要保護傑瑞米的意思；加上那時候他們在異國遭難，自身都難保了，即使將傑瑞米的消息告知路卡等人，至少也要待他們返回艾爾頓帝國後才能再去追查，到時都已經太遲了。因此那時候他才選擇什麼都不說，免得徒惹大家煩惱。

顯而易見，無論沈夜說與不說，對抓捕傑瑞米一事幫助都不大，因此在他心裡，這次的隱瞞雖然有錯，但他覺得並不是多大的事情。

所以得知事情始末後，沈夜並不太能理解民眾的憤怒，以及路卡他們如臨大敵的原因。這實在是因為他在自己僅十多年的人生中，都只是位安分守己的小市民，要讓他了解政客的手段，還眞是有點困難。

在地球，由於資訊發達，人民並不容易被糊弄。即使有心人煽動，民眾也較容易醒悟過來。可是在這裡卻不一樣，這裡的平民大都連字都看不懂，他們沒什麼知識，不懂大道理，更因為身分的關係，從小便習慣順從權貴而不去思考，因此特別容易受鼓動。

原本沈夜的隱瞞並不算大事，可在一些人推波助瀾後卻愈鬧愈大。沈夜再與人為善，只要身處高位便避不開被人仇視的可能性。無論是因利益、因嫉妒，還是其他原因，恨他的人確實不少。即使他們沒敢像瑪雅那樣直接動手，但落井下石卻少不了。

因此被軟禁在城堡的這一天，沈夜雖然有反省自己的過錯，但更多的是迷迷糊糊、不明白事情為什麼會發展成這樣。

即使如此，他還是盡量不想為路卡添麻煩，就連進餐也選擇在房間裡，就怕別人又抓著這件事說嘴。畢竟他沒有被關進大牢，已經於理不合。

沈夜並不喜歡路卡與阿爾文對這次事情的處理方法，也因他們的猜疑而生氣難過。可是他冷靜下來後，知道這次的錯主要在自己身上，而且同時感受到兩人對自己的維護。因此少年暗暗下了決心，下次見面時，還是鄭重向他們道歉吧！

可惜路卡與阿爾文太忙了，至今再也沒有與沈夜見面。

沈夜待在房間裡無所事事，乾脆拜託萊夫特把一些手頭的工作帶到城堡。

此時賢者府已因爲沈夜的事亂成一團，結果在萊夫特前來拜訪、得知他們家的賢者大人竟然還有心情做事後，他們驚惶失措的心情突然奇異地平復了……

賽婭等人提出希望能夠進城堡見沈夜一面，即使旁邊有人監視也不要緊，可是這要求卻被萊夫特拒絕了。

賽婭並不知道，她、伊凡、喬恩與毛球，以及小葵都成了嫌犯。沈夜的罪名可是叛國罪，與他關係親密的賽婭等人自然也是被監視的對象。

管家路易士，以及以柯特爲首、從城堡調派來的一眾護衛都收到密令，要求他們把賢者府封鎖起來，並嚴格監控著賽婭等人的一舉一動。

現在之所以沒有把他們抓起來，只是因爲他們的主人沈夜已被困在城堡裡，眾人認爲他們投鼠忌器下不敢亂來。

有些人還甚至期待賽婭他們失了分寸，選擇與歐內特斯帝國聯絡。只要賽婭等人露出狐狸尾巴、被他們抓到，便能落實了沈夜通敵賣國的罪名。

Chapter 6

暗殺

相較於路卡等人的忙碌與憂慮，沈夜雖然心有不安，但因領略不到事情的嚴重性，再加上被困在房間裡不能到處走動，反倒成了最悠閒的人。在萊夫特幫他把工作帶來後，沈夜便不知不覺埋首於工作之中。

幸好少年居住的房間面積很大，與其說是房間，倒不如說是一間獨立套房，有小書房、廁所與浴室，各種設備非常齊全，比地球的五星級飯店還要豪華得多。沈夜雖然一直待在裡面，但並不會覺得很有壓迫感。

晚餐時，沈夜依舊待在房裡用餐。平常晚飯後少年便不會再工作了，而是會與喬恩一起到庭園散步消食。雖然城堡也有一座非常美麗的庭園，可是他卻無法離開房間。

於是，留在城堡裡無所事事的沈夜，便在晚飯後拿起先前的工作來做，並苦中作樂地想著自己難得這麼勤勞，路卡應該要給他加班費才對。

當侍女進來收拾餐具時，他正重投工作的懷抱，專心致志地埋首工作。房間裡很安靜，只有沈夜翻動文件的沙沙聲，以及侍女收拾餐具的聲響。

原本安靜工作著的侍女，突然開口打破了寧靜：「賢者大人……您還好嗎？您別難過，我是相信大人您是無辜的！」

沈夜聞言十分驚訝。不知道是上面下達了命令，還是這裡的下人不想惹禍上身，自從這次沈夜住進城堡後，下人雖然待他依舊非常尊敬，可是卻不再會主動與他攀談。

然而現在這名侍女不僅主動開口，還明確表現出支持他的態度，沈夜忍不住訝異地抬頭往她的方向看去。

結果一看之下，發現這名侍女竟然是熟面孔，正是他昨天才與康妮談及過的卡洛兒！

沈夜在房裡都悶得快要發霉了，難得看到可以說話的對象，立即高興地往卡洛兒走去：「好巧，卡洛兒，今天是妳負責清理這房間嗎？」

卡洛兒搖了搖頭，垂首，一臉欲言又止的模樣。

沈夜覺得奇怪，下意識上前想要問問對方怎麼了，但來到她面前時，卻見女孩霍地抬頭，隨即他感到脖子一痛，強烈的窒息感讓他想痛苦大叫，可是卻完全發不出任何聲音。

當沈夜反應過來時，他已經被卡洛兒用布條纏勾著脖子，掛上了房間的水晶吊燈上。

求生本能讓沈夜雙手拚命抓著勒住他脖子的布條，試圖減低窒息感，可惜卻徒勞無功。少年那沒有著力點的雙腿凌空踢動著，把水晶燈搖晃得叮噹作響。

這聲響讓沈夜想到一個脫困的方式，他開始用力搖晃著水晶燈，試圖讓外面的護衛聽到水晶燈搖晃的聲音，要是能把燈晃得掉落下去更好。

可惜城堡內的東西品質相當好，沈夜房間的門都是厚重的實木門，除非他大聲叫喊，不然這種聲量無法引起護衛的注意。

另外，水晶燈的品質更是好得沒話說，即使沈夜把燈上的蠟燭都晃得熄了，吊燈仍是穩穩鑲嵌在天花板上。

就算沈夜眞的成功把吊燈弄掉，卡洛兒還是有很多方法來弄死他。既然能夠輕鬆把沈夜掛上吊燈，卡洛兒自然不是像她一直表現出來的外表那樣，手無縛雞之力。要不是巴德命令她要把場面弄成畏罪自殺，卡洛兒要殺沈夜只是一秒鐘的事情。

缺氧讓沈夜開始頭昏腦脹，死亡的氣息與恐懼感籠罩著他。即使感到非常痛苦，強烈的求生意志卻讓沈夜沒有放棄，在意識愈來愈模糊之際，少年依然奮力地想要脫離眼前的困境……

卡洛兒在旁邊一直冷眼旁觀著沈夜的掙扎，她面無表情，彷彿生命的消逝已經無法爲她帶來任何觸動。那雙看起來萬分嫵媚的鳳眼，現在冰冷得已成化不開的寒冰。

她在旁靜靜等待沈夜斷氣，然後接著便會冒充少年的筆跡寫一份遺書，來剖白沈夜的「罪行」，造成他畏罪自殺的假象。

卡洛兒準備得很充足，她已經爲自己安排好退路，無論如何事情都牽連不到她身上，甚至還能夠繼續留在城堡裡當間諜。

沈夜「自殺」用的布條，都與城堡的床單同一款式。之後她只要撕毀沈夜的床單，而少年自殺的用具也做得天衣無縫。

然而理應順利進行的事情卻突然發生意外，被勒著脖子吊在半空掙扎的沈夜，在卡洛兒的面前突然消失了！

卡洛兒看著仍在左右搖擺的布條，饒是她有著強大的心理質素，還是不禁露出目瞪口呆的神情。

她不明白好好的一個人怎麼會忽然不見了。但現在已經沒有時間讓她浪費，卡洛兒想了想，心裡已有了一個新計畫。

只見她收起布條，並走到沈夜的工作桌旁，拿出紙筆，模仿沈夜的筆跡書寫起來……

□

喬恩自從被沈夜收養後，便一直與他形影不離。沈夜對於養孩子的方法自有一套準則，他認爲彼此之間的溝通與陪伴很重要。即使工作再忙，又或者喬恩再怎麼沉迷於研究藥劑，少年還是堅持每天都要與孩子有一定時間的互動。而每天晚上的睡前小故事，更是沈夜非常重視的親子環節。

然而現在沈夜人被軟禁在城堡裡，自然不能來爲喬恩說故事了。上次沈夜缺席了喬恩的故事時間，正是他被雷班與漢弗萊綁架的時候。那時喬恩每天都蔫蔫的沒有精神，還有幾次被管家路易士與賽婭發現躲在被窩裡哭，讓賢者府的眾人萬分擔憂。

這次沈夜不在，幸好還有賽婭這些熟悉的人留在喬恩身邊，孩子雖然擔心得沒有精神，卻沒有哭。無論喬恩還是小黑，在這種時候總是特別聽話，雖然不開心，但完全沒有鬧情緒，乖巧懂事得讓人心疼。

晚飯過後，喬恩便獨自回到實驗室繼續未完的研究。這一整天，喬恩都在研究著透明藥劑的解藥，在晚飯前終於有了成果，雷班含淚脫離了透明人的生活。

因爲沈夜哥哥很喜歡這透明藥劑，所以我才這麼努力的。

現在藥劑已經成功了，哥哥你什麼時候回來？

喬恩的眼淚在眼眶中打轉，她用衣袖狠狠一抹，迅速抹去眼中的淚珠，不讓它有滴落的機會。隨即孩子立即投身到研究中，似乎想要利用忙碌來擠滿沒有沈夜陪伴的時間，讓自己不那麼寂寞。

喬恩這種做法，倒是與身處城堡的沈夜非常相似。只能說，不愧是沈夜教出來的孩子。

正當喬恩嚴肅著一張小臉在調和藥劑之際，突然實驗室裡金光一閃，便見一道人影平空出現，「撲咚」一聲摔倒在地！

喬恩嚇了一跳，原本穩穩拿著試管的手震了震，正在調和的藥劑頓時報廢。幸好她正在試驗的是很溫和的藥劑，若是一些反應刺激的藥品，說不定已經把實驗室炸了。

「沈夜哥哥!?」喬恩看到躺臥在地上的人，竟然是本應身處在城堡的沈夜，也說不出她到底是驚是喜，立即放下手中藥劑，小跑步到沈夜身邊。

當喬恩靠近沈夜後，頓時發現少年的狀況非常不好。只見沈夜雙目緊閉，顯然已經失去了意識；臉上泛起一片灰紫色、脖子上則有一道深深的勒痕，看起來一副出氣多入氣少、快要不行的模樣。

沈夜莫名其妙地從城堡消失後，出現的地方竟是在喬恩的實驗室，不得不說他的運氣實在很好。喬恩看到沈夜的傷勢，雙眼瞬間紅了，可是孩子堅強地忍住淚水，跑到櫃子裡拿出收藏著、最爲珍貴的高階藥劑讓少年喝下。

對初學藥劑不久的喬恩來說，要調製出這瓶高階治療藥劑非常困難，而且還得靠運氣才能成功。這麼久以來，完成品也只有兩瓶，一瓶喬恩早已給了沈夜讓他隨身攜帶，一瓶則被孩子寶貝得不得了地珍藏在藥櫃裡，誰都不讓碰。

可是現在，喬恩卻想都沒想地便把這治療藥劑讓沈夜喝下，沒有絲毫猶豫。高階治療藥劑的藥效很快，何況以沈夜這種程度的傷害，使用高階藥劑實在有些暴殄天物。他喝下藥劑後，臉上的灰紫迅速褪下，臉色很快便恢復了正常。隨即少年脖子上那條恐怖的勒痕也逐漸淡化，最後消失無蹤，完全沒有留下。

雖然沈夜的傷勢已治好，卻沒有甦醒的跡象，依舊昏迷著。喬恩見狀急了，先不說少年昏迷不醒的原因，天黑後地板冰涼，沈夜一直躺在地上只怕很快便會著涼。

喬恩試圖扶起沈夜，可惜她人小力弱，最終因為力氣不夠而放棄。她看著昏迷不醒的沈夜，決定出外尋找別人幫忙。

喬恩對這次的事情雖然了解不多，但還是知道她的沈夜哥哥惹上麻煩，這兩天都被人軟禁在城堡裡。

孩子有著敏銳的第六感，雖然大家談及沈夜時都特意避著她，可是喬恩仍能感到這段時間賢者府內的氣氛十分壓抑。尤其那些護衛，看著她與伊凡兄妹的眼神都變得怪怪的。喬恩並不知道那是猜疑的眼神，卻也下意識地決定不向他們求助，而是選擇找她在這裡除了沈夜以外，最爲熟悉、也最有親切感的賽婭幫忙。

這幾天喬恩總是從下人的交談中聽到些片言隻語，說是沈夜因爲做了壞事才被人關在城堡裡。雖然孩子詢問賽婭後獲得否定的答案，可是她仍對此事耿耿於懷。現在沈夜突然出現在賢者府，孩子便多留了個心眼，不敢把這事情張揚開來，就怕別人知道沈夜在這裡後，又把他抓去城堡裡關起來。

喬恩從小生活在貧民區，看過不少黑暗的事情，因此想得也比同齡的孩子多。見沈夜哥哥脖子上的傷，不知道是不是在城堡裡被人弄傷的，這份猜疑讓喬恩的動作變得更加小心翼翼，決心絕對不會讓人再把沈夜抓走！

然而喬恩尋找幫手的過程並不順利，孩子跑去找賽婭的途中，卻被柯特擋住了去路。

這段時間，護衛隊特別注意喬恩等人的情況。因此柯特很快便察覺到孩子神情有異，而且喬恩才剛進實驗室不久，這麼快便出來根本不尋常。

「喬恩，怎麼了？妳的研究這麼快就結束了嗎？」

正心心念念著要找賽婭、有意避開別人的喬恩，突然聽到背後傳來柯特的詢問，嚇得小小驚呼了聲。柯特見狀，覺得這孩子更加可疑了。他只是很平常地詢問，對方怎麼卻受到這麼大的驚嚇？她的模樣，分明是作賊心虛啊！

柯特正要走到喬恩面前，打算再次詢問，只見孩子抬起了頭，以不馴的語氣說道：「別突然在人家背後說話啊，都嚇到我了。還有，我心情不好出來逛逛不行嗎？」

原本想要進一步套話的柯特腳步一頓。

小黑出來了啊……

因爲曾經有過一段被小黑試驗毒藥的悲慘經歷，平時看到小黑時也沒什麼，可是只要這孩子斜著眼睛、滿臉輕蔑地睨視著他，柯特便立即覺得自己的肚子要痛起來了！

記得當初他試了那瓶讓自己狂拉肚子的瀉藥時，小黑就是用這種充滿鄙視的眼神看他，還嘲諷道：「只是很普通的瀉藥而已，我還有一瓶可以讓人拉肚子拉到死掉的沒有要你服下呢！」

柯特覺得自己心裡都有陰影了！

因爲擔心沈夜，小黑及時出現唬住柯特後，便不再浪費時間在對方身上。只見孩子揚起頭，擺出一副「我心情非常不好，你別過來招惹我」的神情後，轉身便走。

離開了柯特的視線範圍，喬恩再也忍不住地奔跑起來。接下來很快便順利讓她找到了賽婭，還買一送一地加上正與賽婭談話的伊凡。

原本小黑是不想叫伊凡的，不過想到沈夜躺在地上，正需要伊凡這個勞動力把人抱回床上，喬恩便連著伊凡也一併帶到實驗室裡。

小黑這孩子精得像鬼似的，深知隔牆有耳的道理。因此找到伊凡與賽婭時，小黑只說自己有事情需要幫忙，完全沒有提及沈夜的名字。

因此當伊凡與賽婭來到喬恩的實驗室、看到躺臥在地的沈夜時皆嚇一跳，連忙上前檢查少年的狀況。待兩人發現沈夜身上並無傷口、只是昏睡後，皆鬆了口氣，隨即把疑惑的目光投至喬恩身上。

可惜小黑對於沈夜的出現，知道的不比賽婭他們多，無法解答兩人的疑問。她說道：「沈夜哥哥是突然平空出現的，當時他的狀況很不好，脖子上有勒痕，也不知道是誰傷了他。不過我已經給沈夜哥哥喝下藥劑，他的傷口全都好了，就是不知道爲什麼一直不醒。」

說罷，小黑眨了下眼睛，只見孩子的神態與語調頓時一變，小黑又再次變回憨憨的小喬恩了：「沈夜哥哥一直睡在地上，會著涼的。」

伊凡兄妹倆從喬恩口中問不出個所以然，只得安置好沈夜後，等待他醒過來再說。

因爲喬恩的藥劑經常需要用藥奴來試驗效果，因此她的實驗室備有一張木床，方便她隨時觀察藥奴試藥後的狀況。不過這張木床終究只是給藥奴暫用，床墊、被子什麼的全都沒有，硬邦邦的不說，製作時還沒有認眞打磨。雖然不至於帶著木刺，可質感卻十分粗糙，就連心性冷淡的伊凡，把沈夜抱上木床後也忍不住皺起了眉頭。

賽婭更是心疼死了，沈夜單獨在外生活的時候就算了，但有她在身邊伺候時，他所有的用品都是自己精心準備的，無一不是精品。她的少爺什麼時候受過這種委屈了!?

只是現在沈夜出現得如此怪異，而且身上還帶傷，實在不知道城堡那邊發生了什麼事。賽婭他們完全不敢聲張，更不可能做出出去拿被子等惹人懷疑的行徑。結果只能委屈沈夜，讓他暫躺在這張做工粗糙的木床了。

賽婭看到沈夜臉上因躺在地面而沾上些許塵埃，便用手帕爲少年抹去污跡，同時伸手摸了摸沈夜的額頭，知道他沒有發燒，這才鬆了口氣。

沈夜並沒有昏迷太久，過了一會兒便醒過來。

剛醒來時，仍迷迷糊糊地弄不清楚狀況，只感到身體軟綿綿地使不上力氣。然而他隨即便記起在失去意識前，自己差點被卡洛兒殺死一事，立即摸上脖子，卻訝異地感覺不到任何痛楚。

接著沈夜便看到床邊一臉欣喜的喬恩等人，頓時更加迷糊了：「是喬恩你們救了我嗎？你們怎麼到城堡裡？咦！不對……這裡是……喬恩的實驗室？我回到賢者府了!?」

喬恩看到沈夜總算清醒過來，再也忍不住地撲了上去：「嗚～我剛剛以為沈夜哥哥你要死了！」

沈夜抱住小女孩輕聲安撫，將疑惑的眼神投向伊凡與賽婭。

賽婭解釋：「不久前，少爺您突然平空出現在實驗室裡，喬恩說那時您的脖子上還有很嚴重的勒痕，人已經昏迷了。喬恩用藥劑治好您的傷勢後，便跑來找我們幫忙。可惜我們也不知道少爺您發生了什麼事，只得先將您安置在木床上，靜待您醒來。」

沈夜聽完賽婭的話，已大致了解現在的狀況，便把他在城堡裡的遭遇告訴了伊凡三人，尤其說及被卡洛兒刺殺一事時，特別仔細。

說著說著，沈夜的臉色便變得難看起來。隨著複述，他不得不回憶起自己差點被殺的過程。那種彷彿要把脖子勒斷的痛楚，還有無論如何努力都無法呼吸的窒息感，絕對不是個愉快的回憶。

聽完沈夜的遭遇後，伊凡等人皆大驚失色。雖然這次沈夜被人誣衊，因而被軟禁在城堡裡，但他們從沒想過少年會在裡頭出事。然而事實是沈夜差點便在城堡裡被暗殺了！

賽婭顯得憂心忡忡地說：「只怕少爺您這麼一消失，便被人落實了叛國的罪名。」

沈夜張了張嘴想要反駁，可想想卻又覺得賽婭的猜測很有可能，只得懊惱地閉上了嘴巴。

賽婭說的沒錯，先前克里門在創世日跑出來指證他，已經讓不少民眾轉而相信沈夜叛國的流言。現在他又在調查期間從城堡裡消失，那些對他心懷惡意的人豈會放過這大好機會，必定趁機落實了他叛國的罪名！

即使現在沈夜立即返回城堡，把不久前發生的眞相告知眾人，只怕也已經太遲，不會再有人相信沈夜這個在軟禁期間也不消停的嫌疑犯。

眾人沉默了一會兒，伊凡用短短兩字打破了這如死亡一般的寂靜：「逃吧！」

「欸？」沈夜聽到伊凡的話後，立即便想叫他不要開玩笑。現在逃跑，豈不是眞的落實了叛國的罪名？

可是認眞想想，卻又覺得伊凡的想法也不是沒有道理。現在的情況對沈夜太不利了。有過一次逃跑前科的沈夜，信用度已然大大降低。即使自行返回城堡，別人也只會覺得他是因爲逃不掉只得折返回去。

而且卡洛兒的暗殺也明確代表著有人想要取沈夜的性命，城堡裡面並不安全，不知道敵人還有沒有其他殺招等著對付他。

要是沈夜回去城堡，有過逃走黑歷史的他一定會受到嚴密監控，到時他的處境便會變得非常被動，簡直成了一個坐以待斃的箭靶；路卡他們在費力爲他澄清之餘，還要花費許多力氣來保護他的安全……

雖然路卡與阿爾文告誡過他不要衝動，而沈夜也相信二人會盡全力保全他。可是現在的狀況，卻已不是沈夜乖乖返回城堡便可以輕易平息。

也許的確像伊凡說的，先找辦法逃離皇城，讓路卡他們不用爲了保護他而綁手綁腳。屆時路卡他們在明、沈夜在暗，反而更有機會找出眞相，尋出到底是誰想要暗害他。

想到這裡，沈夜咬了咬牙，決定拚了！
就讓他親自去找出想要害他的幕後主腦吧！

Chapter 7
信仰之力的運用

雖然沈夜心裡已有了決定，可是他這個嫌疑犯想要離開皇城，也不是一件容易的事情。

他不確定自己消失一事是否已被人察覺，但無論察覺與否，現在賢者府只怕也聚集了眾多目光，想要神不知、鬼不覺地離開，根本不可能！

想到要離開皇城，沈夜不禁想起不久前自己「逃生」的瞬間。

當時他因爲缺氧而意識不清，可是並沒有失去求生意志，依舊滿心想著要逃離。當他失去意識後，醒來便已身處在賢者府裡了。

這中間好像還發生了什麼事情，可是沈夜當時處於半昏迷狀態，現在完全想不起來。

在模糊之際到底看到了什麼呢？

能夠讓他平空出現在賢者府的，是傳送陣嗎？還是其他東西？

沈夜努力回憶著，如果當時是因爲自己觸發了某種力量脫離險境，那是不是能夠再次利用這種力量，逃離這個對他來說已不再安全的皇城呢？

「如果，可以知道當初到底發生什麼事情就好了……」

賽婭聽到沈夜的嘀咕，略帶遲疑地說道：「其實……我看少爺先前昏迷不醒、醒來後全身無力的模樣，倒有點像我們魔法師過度使用魔力、魔力枯竭時的狀態。」

賽婭的話一出，喬恩也頓時雙目一亮：「我研究藥劑太久、精神力快要耗盡時，也會這樣！」

沈夜聞言愣了愣，所以……真的是他在生死關頭觸發了某種能力嗎？

可是他只是個沒有鬥氣、魔法和精神力……的普通人啊！

不！等等！昨天在被軟禁之前，不是被告知自己有一項特異之處嗎？

自己可以吸收信仰之力耶！想想就覺得很強大好不好！

沈夜敲了敲頭腦，覺得自己真是太蠢了，竟然現在才想到！

有了明確的想法後，沈夜便開始想起更多的相關記憶。在失去意識前，沈夜的確感覺到那種禱告時曾出現過的溫暖感。

說不定在生死關頭，他無意識地使用了信仰之力！

然而沈夜的力量似乎與祭司不太一樣。祭司能夠運用信仰之力治療傷勢，但沈夜平空出現在賢者府時，脖子上的傷口仍在。也就是說，沈夜的力量與祭司不同，而根據他突然出現在賢者府的情況，說不定他的能力具現在空間移動之上！

要知道，沈夜不僅從地球穿越而來，還曾跨越了整整十五年的時空！說不定因此便成了容易空間移動的體質？

而且希潔爾不也說了嗎，他超脫了法則之外，不受這個世界的法則歸管。

沈夜頓時覺得熱血沸騰，這種力量怎麼看怎麼強大耶！

但一想到只是在性命垂危時才碰巧觸發了力量，沈夜卻又犯愁了。

因為他完全不知道自己是如何把力量使出來的啊！

有金手指，卻不知道該怎麼使用怎麼辦？好鬱悶……

沈夜想了想，便道出心裡的疑惑。不是說「三個臭皮匠，勝過一個諸葛亮」嗎？他們加起來好歹也有四個人呢，總能想出辦法來的……吧？

聽完沈夜的想法後，賽婭三人全都呆了。

沈夜受希潔爾接見、與對方交談好一會兒的事，賽婭他們都知道，但卻不清楚當時談話的內容，因此這是他們第一次得知，原來沈夜/自家少爺/哥哥竟有著成爲祭司的潛能耶！

喬恩驚呆片刻後，便黑著一張臉罵了聲：「你可別去當祭司，教廷的都不是好人！」小黑顯然還記恨著，有些人在知道她這個第二人格存在後，便想著要把她帶到教廷燒死呢！

小黑罵了聲後，又隱藏回去，變回一臉純眞的小喬恩。

「……」沈夜無奈地看著瞬間變臉的喬恩，心想小黑這孩子還眞會記仇，特地出現就只是爲了罵一下教廷啊……

驚訝過後，眾人也覺得沈夜的猜測滿靠譜的，於是便一起想辦法。

當賽婭的目光掃過不遠處的一排藥劑時，雙目一亮：「雖然我並不清楚祭司是如何驅使信仰之力，可是說不定『覺醒藥劑』能夠幫得上少爺的忙。」

「覺醒藥劑？」

賽婭解釋：「那是一種讓人喝下後，能夠更加清晰地感覺到魔法元素的藥劑。不少魔法家族也會給適齡兒童飲用，讓他們更容易激發魔法潛能……」

賽婭的話還未說完，喬恩便已興沖沖地從櫃子裡取出其中一瓶藥劑，邀功似地遞給沈夜：「給，是我煉製的喔！」

沈夜接過喬恩的藥劑，並向孩子確認這藥劑只是激發體內潛能、即使普通人喝下也無礙後，便很乾脆地仰首把藥劑喝了進去。

這色澤有點奇怪的藥劑味道意外地好，還帶著一股淡淡的甜味與青草香氣。

嚥下藥劑後，沈夜很快便感到體內生起一股涼氣，不由自主地打了個冷顫。寒氣生起，他頓覺頭腦變得特別清晰，感官也變得敏銳起來。

不久，沈夜隱隱感覺到體內有股溫暖的能量。這種感覺十分奇妙，彷彿這能量儲藏在他的靈魂深處，摸不到也見不著，直到喝下覺醒藥劑後，才察覺到它的存在。

沈夜知道藥劑生效了，連忙抓緊時間感應著這股信仰之力，並且努力想要驅動它。也不知道是不是因為有過一次從城堡轉移到賢者府的經驗，又或者是藥劑的效果，這次沈夜很快便找到了感覺，倏地在賽婭他們眼前消失！

賽婭等人：「……」

喬恩愣了半晌，「哇」的一聲哭了起來。然而下一秒，沈夜卻又再次平空出現，嚇得孩子硬生生止住哭聲，眼淚要滴不滴地掛在眼眶。

沈夜一臉興奮地說道：「我已經找到竅門了！」

賽婭他們看到沈夜再次出現在原地、沒有失控地傳送到別處後，先是鬆了口氣，隨即因沈夜學會使用這項能力，臉上更是都帶上了笑容。賽婭說道：「那事不宜遲，少爺，我們快些準備好需要的東西，盡快離開賢者府吧。」

沈夜愣了愣：「你們也跟我一起走？」

少年的話一出，三人不約而同地頷首。

伊凡回答：「當然。」

賽婭皺起了眉，一臉不贊同：「少爺，難道您打算獨自一人離開嗎？」

喬恩則是一臉快要哭出來的模樣：「沈夜哥哥要把我丟下？」

雖然三人說的內容不同，可是表現出要同行的意思卻是一樣的。

沈夜其實對於自己獨自離開後，能否靠一己之力找到線索一事也沒有底。這是一個強者爲尊的世界，像沈夜這種手無縛雞之力的普通人……不，他甚至稱不上普通人，應該再過不久便會變成帝國的逃犯了。有了這個人人喊打的身分，沈夜要獨自在外生存是很艱難的。

雖然現在沈夜有了「傳送」技能，發掘出類似於傳送陣的能力，可是信仰之力並不像魔法元素能夠透過冥想獲得，又或者像精神力、鬥氣那樣，只要睡一覺、稍作休息便能自行恢復。

沈夜這種力量源自於信徒對創世神的信仰，並不會自行增加。像創世日這種大型的禱告活動，一年就只有一次，因此沈夜雖可以依靠這能力逃離皇城，可是卻不是能夠在外賴以生存的根本。

讓賽婭與伊凡和他一起離開，這對沈夜來說當然是有利的，可是卻會使他們變成與他一樣的逃犯，這不是害了他們嗎？

至於喬恩，沈夜就更不願意讓那麼小的孩子跟著他去吃苦了。

賽婭他們看出沈夜之所以不讓他們跟著，並不是有什麼事想要避著他們，而是爲了他們好，不想因自己的事連累到別人，忍不住感慨他們的少爺就是心腸好、待人以誠。畢竟有多少主子會在自身有危難時，還能想起下人的安危呢？

被人護著的感覺很好，尤其對伊凡他們這些從小便在底層打拚的人來說，這種情況更是十分可貴。但在心裡感激的同時，他們卻又苦惱著該怎麼說服他們這位固執的少爺，還眞是甜蜜的苦惱耶！

伊凡默默看了賽婭一眼，朝沈夜方向揚了揚下巴，一副高貴冷艷地讓賽婭去說服對方的模樣。

伊凡從小便很疼賽婭這個妹妹，面對任何危險都會把妹妹好好護在身後。直至二人長大，兄妹倆的感情仍然非常好。

旁人都看到伊凡總是護著賽婭，但其實賽婭對伊凡這位兄長也是非常愛護。她知道伊凡不喜歡應酬，便把這方面的事全都包攬在身上，代不喜歡說話的兄長解釋發言。兩兄妹互相依靠地走過這些年，那種默契是外人無法介入的。

賽婭知道沈夜之所以決定獨自離開，是因爲顧及他們的安全與名聲，因此說服少年時，便從這方面下手：「我與兄長皆效忠於少爺、是少爺的人。即使我們眞的對少爺你逃走一事毫不知情，但別人卻未必會這樣想。到時把我們抓起來都還只算是小事，說不定還會故意折磨我們、嚴刑逼供出少爺您的下落，又或者利用我們來引少爺您現身……」

見沈夜聞言神色一變，賽婭知道嚇唬他的話也說得差不多了，便話峰一轉，以沈夜的安全考量出發，表明他們不放心沈夜獨自一人離去；再提出有了她與伊凡的幫忙，沈夜要查出眞相便容易得多……好說歹說，總算讓沈夜鬆口讓他們同行。

喬恩見賽婭一直只說她與伊凡如何如何，卻一句話也沒有提及自己，便偷偷拉了拉賽婭的衣袖示意。然而賽婭卻彷彿感覺不到似的，沒有開口爲她爭取同行，於是喬恩便又拉了拉。

賽婭當然不是沒有察覺到喬恩的動作，只是對於是否該一併帶走喬恩，她也很猶豫。

雖說喬恩與沈夜十分親近，還被帶回來當女兒養。當證實沈夜逃走後，她必定會成爲被監視的人之一。

可是喬恩終究只有七歲，那些人想要對付她應該也不會太過分。即使路卡特意護著她，也不會被人覺得過於徇私。

雖然喬恩留下來的話，生活也許會很不好過，但至少不會遇上太大的危險。因此賽婭還是傾向希望喬恩能夠留下來。

喬恩見賽婭還是不幫她說話，便再也不指望對方了，轉而小跑到存放藥劑的櫃子前，取了一堆藥劑後跑回沈夜面前，仰著小臉說道：「我也可以幫忙！」

然而見沈夜沒回答，孩子頓時紅了眼眶：「我不想離開沈夜哥哥！」

沈夜看著孩子泫然欲泣、卻異常固執的模樣，又好氣又心疼，掙扎了一會兒後，還是應允下來：「那好吧……一切就拜託喬恩了，好不好？」

喬恩聞言，立即用力地點頭：「嗯！」

隨即孩子更是以行動表示自己的用處，從懷中挑出了一管藥劑，示意沈夜將它喝下。

沈夜對喬恩非常信任，想都沒想便把藥劑喝了下去。

然而喝下藥劑後，沈夜等啊等，卻沒感到身體有任何變化。

難道藥劑失敗了嗎？

怎麼辦呢？喬恩知道後會不會很難過？我該怎麼安慰她？

沈夜腦海裡迅速閃過「女兒勞作失敗該怎麼安慰？急！在線等！」等字眼，然而還不待他說話，一旁的賽婭便訝異地「噫」了一聲。

賽婭迎上沈夜疑惑的視線，微笑著用魔法弄了一面水鏡。

雖然女孩是火系法師，天生與水元素不親近，但把水元素凝聚成鏡子這種小把戲她還是做得到的。

沈夜看到水鏡反映出的形象時，頓時愣住了。

鏡子映照出來的身影的確是他沒錯，可是少年在這世界裡非常具有標誌性的黑髮黑眸全改變了顏色，變成與喬恩一模一樣的栗色頭髮，以及蜜色眼眸。

沈夜身為東方人，輪廓本就比西方人溫潤。而喬恩自從被沈夜養胖了一些後，臉上的嬰兒肥使孩子臉部變得柔和起來，再加上此刻兩人一模一樣的髮色與眸色，看起來就像親兄妹。

沈夜打量了下自己的新造型後，便把視線轉至喬恩身上。孩子的臉頰羞得紅紅的，一臉不好意思地小聲詢問：「沈夜哥哥，你喜歡這個樣子嗎？」

沈夜笑著抱起孩子，在她紅通通的臉頰上親了一下：「太喜歡了。離開皇城以後，我就算說喬恩妳是我的親妹妹，也絕對沒有人會懷疑呢！」

喬恩看起來十分高興，也變得更加害羞：「嗯，這樣沈夜哥哥就是我的哥哥了。」孩子頓了頓，像個小大人似地點了點頭：「親的哥哥。」

沈夜聽著覺得好笑，怎麼換了髮色和眸色就能變成親哥哥呢？不過好笑過後卻又有點心疼。雖然沈夜覺得眞正深厚的感情，從來不是單靠血緣關係來維繫的，但既然小孩這麼渴望，他不介意順著喬恩的心思來哄哄她。反正在沈夜心目中，早已把這孩子當成自己的親人了：「好，我就是喬恩的親哥哥。」

喬恩聽到沈夜應允下來，立即露出一個大大的笑容，模樣可愛得不得了。

獲得沈夜的同意後，賽婭便詢問：「少爺您使用信仰之力的時候，過程是怎樣的？像我們使用傳送陣那樣嗎？」

沈夜低頭想了想，解釋道：「類似，但卻和使用傳送陣不盡相同。伊凡，還記得我們當年曾去過的失落神殿嗎？我正是以那座神殿作爲中繼點，從那裡轉移至其他位置。」

聽到沈夜的解釋，聽不太懂的喬恩只覺得很新奇；然而得知沈夜能夠連繫上在各個空間飄浮轉移的失落神殿時，伊凡兄妹倆都震驚了。

其中以伊凡更甚，青年甚至難得失態地驚呼：「你說當年那座失落神殿!?」

雖然當時伊凡年紀尚小，可是那座神殿他卻記得非常清楚。

因爲他就是在那裡失去了沈夜的蹤影。

伊凡仍清楚記得，當年事情發生得很突然。他回過神後，已回到農莊的倉庫裡，而前一秒還站在他身旁的沈夜，卻是平空不見了！

那時，伊凡曾期待沈夜只是比自己晚一步離開神殿，因而一直留在原地沒動，等待著少年現身。

隨著時間流逝，伊凡的心便愈是覺得冰冷，忍不住攏緊了沈夜蓋在他身上的外套。

伊凡等啊等，直到傑瑞米帶著援軍趕來，依舊等不到沈夜出現。結果沈夜那一次失蹤，再次出現已經是十五年之後了。

現在得知沈夜再次回到那座曾讓他消失了十五年的失落神殿，伊凡心頭頓時生起一陣恐慌。青年深怕沈夜會再次從眼前消失，當年的事情會再次重演。

沈夜聽到伊凡的驚呼聲時，一開始感到非常新奇，心想難得看到伊凡這麼驚訝的模樣。然而當他抬頭往青年看去，正好捕捉到對方那慌亂的神情。仔細一想，沈夜便猜到伊凡是在緊張擔憂著什麼了。

少年想到素來性格冷清淡漠的伊凡，因爲擔心自己而失態，感受到自己在對方心裡的分量，他只覺得心頭暖烘烘的。同時沈夜也驚覺到當年自己的失蹤，對年幼的伊凡造成了怎樣的傷害，連忙向對方保證：「的確是當年的那座失落神殿沒錯。不知爲何，我與那座失落神殿有著連繫。每當觸發信仰之力時，便能透過這個四處飄蕩的失落神殿，連結到其他位置。剛才我已經試驗過，我保證能夠控制傳送的位置，所以你們放心吧。我不是成功回來了嗎？」

伊凡聽著沈夜的保證，雖然覺得安心了些，但當年留下的陰影無法完全消退，他還是多問了一句：「既然你能夠超脫空間的限制，那時間呢？」

伊凡可不希望這次一離開失落神殿，又是十多年的時光。

沈夜想了想，道：「其實我覺得……也許我眞的能夠利用那座失落神殿來穿越時空也說不定。希潔爾祭司曾經說過，我是超脫法則規約的人，理論上，除了能遊走在不同空間，穿越不同的時間點應該也是能夠做得到的。不過……」

聽完沈夜給出確定的回覆，賽婭等人萬分震撼。即使魔法師修練至最高位階，也只能利用禁咒來驅動法則的力量，有限度地控制空間而已。然而沈夜竟能控制時間，對他們來說已是神明的範圍了！

只是少年話裡的最後兩字，讓他們聽出還有但書。

「不過什麼？」伊凡問。

沈夜有些不好意思地說道：「不過眞的要超越時間的話，便等同於要改變很多東西的軌跡，也不知道要使用多麼龐大的信仰之力。我覺得在我有生之年，應該儲存不了這麼大的能量，也許這算是法則對我的另一種規束吧？就連轉移位置的能力，以我現在所獲得的信仰之力來看，也只能再使用兩次而已。」

沈夜說罷，低下了頭，忍不住露出一副十分懊惱自己幫不上忙的模樣。

他一開始得知自己獲得這種特異能力時，還曾夢想過有了這種穿越時間與空間的能力，自己就可以把所有強者踩在腳下，成爲征服世界的大魔王了，哈哈哈！

事實證明，是沈夜想太多了。

因此沈夜雖因這項特異的力量而得救，而且還有了離開皇城的能力，可是還是有點失落，覺得明明有能力卻無法善用的自己有點丟臉。

伊凡看到沈夜沮喪的表情，總是抿成一直線的嘴角，不由自主地上揚了些，雖然這弧度還不足以形成一抹笑容，卻使青年的氣息變得柔和不少：「你很厲害。」

沈夜聞言抬頭，有點訝異地眨了眨眼睛。

他剛剛……被伊凡誇讚了？

喬恩見狀，立即不甘人後地上前，崇拜的小眼神閃啊閃：「沈夜哥哥最厲害了！」

賽婭見自家兄長難得開金口讚許別人，然而下一秒卻被喬恩跑過來搶功。她想像著伊凡心裡的鬱悶，忍不住「噗哧」地笑出聲。

Chapter 8

成功逃離

因爲時間緊迫，也不知城堡那邊什麼時候會察覺到沈夜不見了，因此獲得共識後，他們便抓緊時間收拾行裝。

沈夜重要的東西都放在空間戒指裡，裡面也儲備著數量不少的金幣，足夠沈夜他們在外面生活個一年半載了。至於日常用品可以逃離皇城後再購買，因此沈夜本人倒是不用準備什麼。

賽婭雖然名義上是沈夜的侍女，可她同時有著魔法師的身分，與沈夜一樣擁有一枚空間戒指，是多年前她的導師布倫丹給的見面禮。因此她與少年一樣，完全不須收拾任何東西便可離開。

至於伊凡，他是那種孑然一身、什麼都不帶也能活得很好的人，對他來說，只要隨身帶著一把匕首就好。

四人之中，就只有喬恩有著眾多藥劑和材料須要收拾。另外孩子在出發前還迅速煉製了幾種很有用處、卻未有存貨的藥劑。喬恩見沈夜把她親自煉製的藥劑全部收進空間戒指裡，非常有成就感地嘿嘿笑著。

眾人商議了下接下來的去向，一開始賽婭提議去找克里門興師問罪，畢竟要不是他把這次的事情鬧大，沈夜也不會遇上這些危險。也許從克里門身上，他們能夠找到幕後黑手的線索，找出到底是誰想要害沈夜的性命。

但現在克里門受到教廷的保護，要對付他並不容易。何況沈夜無法確定這次事情鬧得這般大，那男人到底是有與幕後之人勾結，還是單純被人操控。

無論哪一種，沈夜都覺得克里門這種小人物並不會知道太多內幕，於是決定先不去找對方，犯不著爲了他與教廷那種龐然大物對上。

與這次事件有關聯的人，除了克里門外，便是傑瑞米了。沈夜想了想小說裡有關傑瑞米的情節，因爲在小說中這人根本沒有被趕出艾爾頓帝國，因此難以靠故事內容來猜測這個人現在的狀況。

不過以沈夜對傑瑞米的認知，這個男人非常熱愛他的國家。雖然在小說中是個與主角阿爾文對著幹的大BOSS，可是卻也是充滿了悲劇色彩的角色；既充滿野心，同時也非常能幹，是個有著熱血與理想、讓人討厭不起來的人。

傑瑞米參與了多次與歐內特斯帝國的戰役，不少與他有著過命交情的兄弟都死在敵國人的手裡。因此當沈夜得知傑瑞米與歐內特斯帝國勾結時，其實是不怎麼相信的。

傑瑞米是個很有義氣的人。雖然因爲有了沈夜這隻蝴蝶的存在，小說情節只能作爲參考，可是單看人物的性格特徵，沈夜覺得憑著小說人設來觀察還是非常準確的。

即使看到路卡與阿爾文蒐集的鐵證，少年仍是覺得傑瑞米並不會眞心與歐內特斯帝國合作。他甚至總有種感覺，兩者說是合作，說不定是傑瑞米挖了一個坑給歐內特斯帝國跳。

最後果然如沈夜所料，傑瑞米帶著他的親兵逃離艾爾頓帝國後，根本沒有投靠歐內特斯帝國，反而是失去了蹤影，之後被人發現在安摩斯國出沒。

這次的事情雖然源於傑瑞米，但說他與對付沈夜的人有關卻又不像。不過既然要離開皇城，也許對於沈夜一直想做的事情而言，是一個機會……

沈夜仔細想了想後，決定去找大BOSS傑瑞米！

反正對方從未與沈夜見過面，而且此人被判叛國前，大部分時間都在邊境，即使在皇城也不會特別注意到伊凡與賽婭這兩個小蝦米。因此沈夜有信心，他們能夠僞裝成其他身分而不被傑瑞米察覺。

伊凡與賽婭雖然不認爲能從傑瑞米身上獲得相關線索，可是在沈夜堅持之下，再加上他們沒有更好的提議，於是衡量過全身而退的機率後，便頷首應允下來。

□

柯特看喬恩離開後，便繼續進行著例行的巡邏。可是他走著走著，卻愈想愈不對勁。

剛剛小黑出現的時間點實在太過巧合，好像故意出來轉移他視線似的。而且在小黑出現前，喬恩的表現顯得相當奇怪，似乎很焦慮，被問話時還一副心虛的樣子。

也許是他想多了，可是柯特還是決定過去看看孩子在做什麼。他倒是沒有把孩子視作嫌疑犯、想要去監視她的意思，只是覺得沈夜現在不在家，他要幫忙好好看著喬恩，對她多些照顧才對。

雖然喬恩現在心情一定很不好，找她也許會自討苦吃，可是柯特實在擔心那個看起來很凶狠、實際卻是用這種堅硬外殼來保護柔軟內心的小女孩。

於是青年改變了他的巡邏路線，從庭園回到大宅裡，並順著剛才喬恩奔離的方向前進，卻沒有如願遇上喬恩。

柯特心想，離自己與喬恩相遇已過了好一會兒，也許在他巡邏的時候，孩子便已回到房間裡。因此他也沒有太在意，見到一名下人路過時，順道詢問了下對方是否知曉喬恩的去向。

當柯特從那名下人口中得知喬恩跑出實驗室後便去找賽婭與伊凡，並一臉焦急地拉著兩人返回實驗室，他便生出一股不祥的預感。

見喬恩的舉動，顯然是有事情要找人幫忙，而且還表現得那麼焦慮……

該不會發生什麼大事情吧？

比如一不小心把實驗室炸掉了之類的……

想到這種可能性，柯特前進的步伐忍不住加快了幾分。

隨即青年又想起自己遇見喬恩時，對方心虛的模樣。

需要幫助，卻又想要對我隱瞞嗎？

還眞是有意思。

當柯特來到目的地，便見幾名負責監視伊凡與賽婭的護衛也守候在實驗室大門前。

那些護衛一看到柯特，隨即上前報告道：「隊長，伊凡與賽婭已經進入實驗室有一段時間了，我們要闖進去看看嗎？」

雖然護衛們都很喜歡那位對下屬十分和善的年輕賢者，平常與賽婭等人的關係也不錯，可是他們終究有責任在身。既然上頭要求他們好好監視賽婭他們、找出沈夜叛國的證據，那麼無論他們私下與沈夜關係多好，也會公私分明地執行任務。

柯特也是一樣。即使再怎麼覺得沈夜是無辜的，也不會忘記自己的責任：「闖進去吧！看看他們在裡面做什麼。」

爲免喬恩在實驗室裡研究藥劑時出了什麼意外，而門卻被鎖上、耽誤救人時間，因此實驗室並沒有設置門鎖。不過大門上卻設有一枚可以改變顏色的寶石，當寶石是綠色時，便代表可以進入；當寶石是紅色時，則是喬恩正進行實驗，拒絕任何人的打擾。

柯特無視大門上的寶石呈現紅色狀態，硬闖了進去，將門打開時，青年還在想著他們此番舉動應該會惹毛喬恩吧，到時候該怎麼安撫生氣的小喬恩……

然而當眾護衛看到實驗室內的情景後，紛紛大吃一驚。

眼前的少年，不正是他們那位此刻應該身處城堡的賢者大人嗎!?

護衛震驚了，沈夜這邊也一樣。想不到柯特等人會突然衝入實驗室，沈夜與他的小伙伴都驚呆了！

喬恩最先反應過來，立即張開雙手擋在沈夜面前，鼓起勇氣說道：「這不是沈夜哥哥，是雷班喝了我的藥劑後變的！」

偏偏此時雷班等藥奴正好步入實驗室：「主人，今天的試驗……」然而他在看到實驗室裡眾人對峙的奇怪狀況後，停下了動作。

眾人：「……」

雷班：「……」主人的眼神好恐怖，我做錯了什麼嗎!?

此時，趁著眾護衛的注意力被突然出現的雷班等人吸引走，伊凡動了！

青年如同幽靈般迅速出現在眾護衛身後，成功地用沒有出鞘的匕首把其中一名護衛敲暈。柯特等人見狀，迅速進入戰鬥狀態，立即拔劍與伊凡對峙起來。

賢者府的護衛全都是武藝非凡的菁英，加上他們佔了人數上的優勢，頓時把伊凡打得節節敗退。

雖然眾護衛惦記著舊情，與伊凡一樣都沒有使出殺招，只求把人活捉。然而雙方的職業本就有著本質上的不同，身為刺客的伊凡，所有招式都為了殺人而使用，現在顧忌著不能下殺手，實力頓時大打折扣。

身為武力值不低的魔法師，賽婭當然不會在旁看著兄長被圍攻。可惜她必須顧慮到實驗室內的藥劑，某些藥劑並不穩定，受到外來刺激後說不定會爆炸。賽婭怕使用大型魔法會把賢者府毀了，何況現在沈夜這位「在逃」嫌犯還在這裡，她可不敢弄出太大的動靜，就怕引來更多護衛。

喬恩看到熟悉的人忽然彼此大打出手，都快要被嚇哭了：「柯特住手！你們別這樣了好不好？」

聽到孩子帶著哭腔的聲音，柯特心裡一陣無奈。他也不想與伊凡他們敵對，可是他有他的責任，只能硬著心腸不理會喬恩的懇求。

喬恩見眾護衛不肯停手後，倏地收起泫然欲泣的表情，一臉惡狠地瞪了站在實驗室門邊、還不清狀況的雷班等人：「快點給我阻止柯特他們！這還要我說嗎？眞是沒用！」

其實雷班他們早就看到實驗室內的沈夜了，然而現在沈夜處境尷尬，要是爲了保護他而與護衛對著幹，以後說不準也會被視爲與叛國者一伙，因此雷班他們便裝作反應不過來，遲遲不出手。

然而他們皆與喬恩簽訂了主僕契約，小命都被對方抓在手裡。現在喬恩直接下令，他們可不敢無視她的命令繼續躲在角落裝死了。

於是雷班等藥奴只得邊在心裡流著悲傷的淚，邊衝上前奮勇抗敵！

四名紈褲子弟的武力值不高，衝上前也只是給護衛們送菜而已，很快便被護衛打倒。倒是雷班與漢弗萊滿有用處的，大大挽回了伊凡的劣勢。

即使有藥奴的加入，也只是暫時保持雙方的平衡，伊凡與賽婭還是被眾護衛糾纏得脫不了身。偏偏此時柯特抓到機會，捏碎了腰間的一枚傳訊晶石。這種晶石所有護衛都佩有一顆，危急時只要捏碎便能通知同伴自己有危險！

這晶石有著追蹤功能，憑眾護衛的實力，援兵相信很快就會找過來。

「賢者大人，你們束手就擒吧！我保證只要你們不反抗，絕不會傷害你們。」柯特邊避開伊凡揮來的匕首，邊高呼道。

眼看現在再不走就來不及了，伊凡咬了咬牙，道：「小夜，你們快走！」

賽婭撐起魔法盾保護著身後的沈夜與喬恩，聞言也說道：「少爺，您快帶著喬恩離開吧，我與兄長留下來斷後。」

「怎麼能這樣！」沈夜立即否決掉賽婭的提案。雖然先前沈夜是想著獨自一人離開，並不想牽連到其他人。可是現在情況不同了，賽婭等人已經成爲共犯，要是他離開的話，他們絕對無法置身事外。

就在少年猶豫之際，其他護衛趕到了！

伊凡見愈來愈多敵人闖進來，眉頭緊緊皺起。明知道處境不敵，但青年卻沒有絲毫退縮，勇敢地迎上去，並對沈夜說道：「你即使不顧自身安危，可是也不管喬恩了嗎？」

賽婭也說服道：「少爺，再不走便來不及了！快些帶喬恩離開吧！」

眾護衛聽到伊凡他們的話，頓時加強了攻擊的力度。雖然柯特他們不知道已經被困住的沈夜與喬恩到底有什麼辦法可以離開，可是伊凡他們的話卻不像在亂說。

擔心實驗室還有他們不知道的祕道能讓沈夜與喬恩逃脫，柯特等人出手不再留情，很快地，伊凡兄妹倆身上都有著不同程度的傷。

沈夜完全不知該怎麼辦才好，理智上他曉得自己應該立即帶著喬恩離開，逃得掉一個是一個。

可是人是有感情的，又怎能輕易說捨割便捨割？

沈夜不忍留下伊凡與賽婭面對接下來的事情。現在所有人都看到伊凡他們窩藏了從城堡逃走的賢者，絕對會視他們為他的同謀。

如果只有沈夜一人，他寧願留下來與伊凡他們共進退。至少有他這個罪魁禍首承擔著絕大部分的壓力，也許人們便不會把太多的注意力放在伊凡他們身上。

可是喬恩……

喬恩拉著沈夜的衣襬，睜大眼睛驚惶地看著眼前的刀光劍影。她察覺到沈夜的視線，仰首看向少年，用著快要哭出來的聲調怯怯地說道：「沈夜哥哥……」

沈夜一咬牙，抱起了喬恩，向伊凡兄妹說道：「我明白了，你們保重！」說罷，他再次啓動了能力。就在沈夜抱起孩子、準備傳送他們倆到失落神殿之際，卻見柯特拚命衝破了賽婭的防線，伸手便要拉住沈夜的手臂！

如果被柯特成功抓住，那他要不把對方也一起傳送過去，要不就傳送失敗。以柯特對皇室的忠心，即使被傳送到其他地方也不會忘記自身的任務，必定會堅持把沈夜與喬恩抓回艾爾頓帝國。

這還不是最糟糕的，要是爲後者，因爲突然加上柯特而讓傳送失敗的話，他們便只能留在這裡了。

到時沈夜的能力被人發現，而國家說不定會有方法壓制他的傳送能力，沈夜想再逃走也逃不了了！

千鈞一髮間，沈夜身旁的實驗桌上，其中一瓶藥劑突然像有了生命般從藥架上跳起，並以強大的力量擊開柯特下一秒就要抓住沈夜的手。

沈夜眼見機不可失，便立即發動力量。有了前兩次的經驗，這次少年做得得心應手，即使傳送時加上了一個喬恩，也能順利傳送。

柯特震驚地看著那瓶藥劑將他的手擊開後，藉著碰撞力量反彈開來，隨即穩穩落在沈夜肩膀上，與少年和孩子一起在他眼前消失無蹤……

賽婭他們早就知道沈夜可以空間轉移的本事，因此當他們看到沈夜與喬恩（還有那管奇怪的藥劑？）一起平空消失時，並沒有顯得太震驚。

可是無論對柯特等眾護衛、還是雷班他們這些藥奴來說，眼前的事情卻是太過不可思議了。活生生的人，就這樣在他們眼前消失了耶！

見見見見鬼了！媽媽！好可怕！

沈夜並不知道因爲自己的消失，嚇得見多識廣的柯特也不自覺停下了動作，結果被制住的伊凡趁機報復性地狠狠打了一拳，害他足足有一個星期掛著滑稽的熊貓眼到處走。

□

現在沈夜已帶著喬恩來到了失落神殿，看到那熟悉的主殿，以及身邊那已經殘破不堪的創世神神像時，少年總算有了劫後餘生的眞實感。

自己眞的逃出來了啊……

可是卻留下了伊凡與賽婭。

效忠的人叛國逃亡，他們在艾爾頓帝國的生活會變得很艱難吧？

沈夜心情很是沉重，還有著捨棄同伴的內疚感。突然，他察覺到身邊的喬恩太安靜了。剛剛離開前，喬恩才哭著說很害怕，怎麼現在這孩子卻這麼安靜呢？

少年連忙把懷中的孩子放回地上，垂首察看喬恩有沒有出了什麼問題，卻迎上孩子那雙晦暗不明的蜜色眸子。

沈夜愣了愣，過了一會兒才怔怔說道：「妳是小黑？剛剛的人也是妳？」

孩子抿了抿嘴不說話。

發覺小黑取代了喬恩時，沈夜很快便了解過來。小黑一向很疼主人格，剛才的情況那麼危險，她又怎會讓主人格來應付呢？

因此那時一臉恐懼地看著他說「害怕」的，其實是小黑吧？

雖然沈夜很能區分小黑與喬恩，可是當時他心裡正因爲是否留下伊凡與賽婭而動搖著，再加上小黑已經很久沒有在他面前僞裝了，結果一時不察便被她擺了一道。

「小黑，妳剛剛是故意裝出害怕的模樣，爲了讓我下定決心帶著妳離開，對吧？」

猜到黑喬恩是故意說出那些示弱的話，好讓自己帶她離開時，沈夜一瞬間覺得有點心涼。

雖然他知道小黑的選擇是正確的，這孩子想要保全自己的做法並不能說有錯，可是沈夜心情卻還是覺得很複雜。

賽婭可說是除了沈夜之外，對喬恩最爲照顧、感情也最好的人。然而在遇上危險時，喬恩可以如此冷靜地說謊，使心計讓他捨棄賽婭與伊凡，這讓沈夜感到很不是滋味。

難道，喬恩還是沒有改變嗎？會不會即使他們給予喬恩再多的愛，她最終還是會成長爲那個只顧及自己、像小說中那樣自私無情的孩子？

沈夜也不是想要把喬恩培養成捨己爲人的聖母，可是現在事情涉及同樣被他視爲家人的伊凡與賽婭，再加上想到小說中他對喬恩那自私自利的形容時，便讓沈夜忍不住多想一番。

沈夜愈想便愈是心情沉重，正開始鑽牛角尖之際，便見小黑有點忸怩地道歉了：「抱歉，我不是想要騙你的。但是如果你出了什麼事情，喬恩她一定會很難過的。」

小黑是個彆扭的孩子，很多時候她喜歡什麼、想要保護什麼，都會推到主人格身上，總是說自己之所以這樣做，是因爲主人格喜歡而已。

因此小黑這句話，聽在沈夜耳中便自動翻譯成：要是你出了什麼事情的話，我會難過的。

沈夜愣愣地詢問：「所以，妳其實是想要保護我？」

小黑聞言，立即滿臉通紅地反駁：「誰、誰想要保護你啊！我是不想喬恩她傷心而已，你別往自己臉上貼金！」

見小黑此地無銀地反駁著，沈夜不禁莞爾。他安撫地拍了拍小孩的頭：「我家的小黑眞了不起，都懂得保護別人了。」

原來，小黑並不是自私地想要保護自己，說謊也只是想要保護別人嗎？

沈夜感到很驕傲，前一秒還對自己教育小孩的方法產生疑問，可現在，他卻對教育小黑成爲三觀正直的好人更加有信心了。

小黑聽到少年的讚許，嚷嚷地反駁著的話語便停了下來，有點不好意思，故作不屑地「哼」了聲，隨即便換回了主人格。

喬恩茫然環視了四周，隨即高興地說道：「這就是沈夜哥哥說的失落神殿嗎？好厲害，眞的可以讓我進來耶！」隨即孩子察覺到在場只有他們二人：「咦，伊凡哥哥與賽婭姊姊呢？」

聽到喬恩提及伊凡兄妹，沈夜在心裡嘆了口氣。因爲不想讓喬恩不開心，所以沈夜便哄她說伊凡兩人身負重要任務，須要留在城堡裡。幸好喬恩心思單純，雖然沈夜的解釋有著許多不合理之處，但還是毫不懷疑地相信了。

「還有毛球與小葵，我已透過契約聯繫了毛球，讓牠幫忙到埃爾羅伊帝國取一些東西，小葵的話……」

沈夜的話說到這裡，便被喬恩打斷：「小葵不就在這裡嗎？」

說罷，孩子伸手指向了沈夜。

Chapter 9
沈夜的去向

在不自知的狀況下，突然被人告知小葵就在身邊，這種感覺滿詭異的。

沈夜順著喬恩的指示，腦袋略微僵硬地往自個兒的肩膀看去，果見縮小版的小葵不知何時已站在他的肩膀上；小葵看到沈夜發現到自己時，還揮動著葉子向少年打招呼。

沈夜訝異地眨了眨眼睛，隨即想起自己帶著喬恩進入失落神殿前發生的事情，恍然大悟地說道：「那瓶把柯特的手撞開的藥劑，原來就是小葵你！」

剛剛狀況太混亂了，沈夜也是現在才想起小葵的擬物能力。

小葵見沈夜終於想起它的傑作，立即挺了挺胸，一副很自豪的模樣。

原本沈夜還打算讓小葵進入靈草空間，到了地方後再把它接出來。可現在小葵直接跟著他們過來了，那沈夜便省了這道程序。

喬恩很乖，沈夜解答了她的疑問後便安安靜靜地跟著少年。雖然孩子對失落神殿的一切感到很好奇，卻沒有到處亂跑。

沈夜提醒喬恩牽著他的手不要放後，調動著體內的信仰之力，嘗試能否直接聯繫上傑瑞米。

回顧沈夜這兩次轉移，第一次他只是想要逃離危險，到達安全的地方。也許因爲潛意識裡已把賢者府視爲在這個世界中最安全之處，因此他直接將自己傳送到賢者府裡。

然後便是在實驗室的那一次，當時沈夜有了心理準備，轉移到失落神殿後，在心裡想著要回到實驗室去，結果便成功回到原地了。

甚至沈夜想起那次令他跨越了十五年時空的穿越，那時他之所以會出現在阿爾文與伊凡身邊，或許是離開失落神殿時，他心裡正心心念念著要回到孩子們身邊的緣故吧？

因此這一次，他想要嘗試一下，看看能否成功直接轉移到達傑瑞米身邊。

閉上雙目，沈夜靜下心神後，便開始調動體內的信仰之力。隨著力量流動，因閉上眼睛而變得漆黑一片的視線裡，開始閃現起點點光芒。

沈夜無法解釋，但他知道這些光點代表著不同的人。隨著他心念一動，便能感應到身旁屬於自己熟悉的人的光點。有喬恩、身處賢者府的伊凡兄妹、遠在城堡的路卡與阿爾文……只要他想，就能立即在任何人身邊出現。

而很快地，沈夜也找到了屬於傑瑞米的那顆光點。

沒有太多猶豫，他便帶著喬恩與小葵離開了失落神殿，朝著那點光芒前進。

□

同一時間，城堡正因沈夜的失蹤而鬧得人仰馬翻。

路卡得知沈夜失蹤後非常震怒，正所謂「天子一怒，伏屍萬里」，雖然這句話用在路卡這位性情溫和的君王身上有些誇張，但皇帝陛下心情不好，已足夠令整座城堡的人戰戰兢兢地連話也不敢大聲說了。

路卡出動所有皇家衛兵，下令他們連夜進行搜索，即使掘地三尺也誓要把逃走的沈夜抓回來。

難得見路卡這麼生氣，深怕受到路卡遷怒的眾人如履薄冰，卻也明白對方爲什麼會如此憤怒。

沈夜竟然在守衛森嚴的城堡裡失蹤，要說沒有內奸幫忙是不可能的。在這個皇帝居住的地方，竟然有居心叵測的人任意來去自如，要是他們是路卡，也必定寢食難安。

但阿爾文知道路卡之所以表現得如此憤怒急躁，一副不把沈夜找出來誓不罷休的模樣，並不是如外人猜想般，因爲介意城堡的防衛安全沒有保障。其實路卡更擔心的是沈夜的安危。

別人也許會認爲少年失蹤，是因爲他成功逃跑了，變相坐實了他叛國的罪名。可是路卡與阿爾文，卻自始至終相信沈夜是無辜的。

既然如此，沈夜的安全便讓人擔憂了。尤其從克里門出現至今所發生的事來看，怎麼看都是有人故意挖了個坑讓沈夜跳。原本不算大錯誤的隱瞞，經過有心人的煽動下，卻變成了叛國罪行。那個隱藏在暗處的敵人到底會做到哪種程度，路卡他們心裡實在沒有底。

路卡他們相信，沈夜不會在這種關鍵時刻偷偷逃離城堡。他現在失蹤，很有可能也是幕後黑手所爲。

既然對方連身處城堡的沈夜都能夠弄不見，那會不會……會不會沈夜已經遭遇到不測？

幸好在城堡裡沒有發現沈夜的屍體，少年還活著的可能性仍然很大。

就在城堡的搜索進行得如火如荼之際，賢者府卻傳來了消息，沈夜竟然出現在賢者府裡的實驗室。可是以柯特爲首的一眾護衛想要抓捕他時，少年卻在眾人眼前神祕消失了！

然而事情還未結束，搜查人員在城堡裡沈夜的房間，發現火爐中有著一張被燒燬了大半的信件。

原本這也沒有什麼，不少人都有把不要的信件順手丟進火爐的習慣。然而路卡要求任何線索都不要放過，因此搜索的人便連火爐裡還未完全燒燬的信件也取出來檢查。結果一查之下，竟有了驚人發現！

那封信雖然已經被燒得不成樣子，可是卻仍能勉強看到信件最後寫著一句意義不明的「……退出的時候了，祝你好運」，以及一個令人震驚的落款，竟是歐內特斯帝國的皇帝——亞伯勒——的簽名！

不少人原本就已對沈夜的信任動搖，現在沈夜從城堡裡消失，還從他的房間裡找到一封有著亞伯勒簽名的信件，這些人都認爲這封信正是少年叛國的罪證。

「退出的時候了」？退出什麼？是亞伯勒見事不可爲，便派人到艾爾頓帝國接應沈夜，讓他全身而退？這不是明擺著嘛！

至於那些信件爲什麼會被帶到城堡燒燬？大概是沈夜突然被軟禁在城堡裡，私通敵國的信件來不及處理。因此便讓人把信件夾在平時工作的文件裡，並以工作爲由，將文件連同通敵的信件帶進城堡，最終成功毀屍滅跡！

其實這件事還有眾多疑點。首先，沈夜與亞伯勒通訊爲什麼不用傳訊水晶？難道一個當上賢者的臥底的安全，比不上珍貴的魔法晶石嗎？

還有，既然沈夜能讓人把通敵信件混在文件中，爲什麼不直接把信燒燬就好，何必多此一舉將信帶來城堡呢？

可惜人們更相信自己猜測出來的「眞相」，而那些不合理之處，卻被這些興致勃勃用各種蛛絲馬跡猜測眞相的人們無視了。

更何況，沈夜確確實實留下了罪證，而且人已畏罪潛逃。這個世界並不像沈夜的故鄉，有著相對完善的法治制度。這次的事情已算得上是罪證確鑿，足夠定沈夜的罪了。

對於現在這種情況，路卡暫時沒有辦法解決。他雖然貴爲一國之君，卻也不能過度偏袒沈夜，只得盡力尋找各種線索，希望能發現有利沈夜的證據。

所有曾在城堡與沈夜見過面的下人，都被單獨拘留，並逐一問話。康妮身爲當天負責收拾餐具的侍女，自然也不例外。

結果這次的審問，得出了新的線索。

負責在晚餐後收拾房間的康妮，表示當晚她並沒有如常進行工作，而是讓她的好友、同樣在城堡裡當侍女的卡洛兒代勞。

直到調查人員找康妮問話，少女這才知道沈夜離開了城堡一事！

康妮得知沈夜失蹤，頓時嚇得花容失色。她再單純也察覺到此次事情並不簡單，連忙把自己所知之事，一五一十地告知審問的調查人員。

根據康妮的說法，原本今晚是由她負責沈夜房間的清潔，但她在工作時段鬧肚子疼，她的好友卡洛兒見狀，便提出代替她進入沈夜房間收拾餐具。

康妮與卡洛兒素來交好，當時卡洛兒手頭上的工作已經完成，同時也表示很擔心沈夜，希望能與他見個面、開解一下對方。於是康妮便欣然應允下對方的提議，想不到接下來就出事了！

眾人聽完康妮的敘述後，連忙前往卡洛兒的房間找人，卻見對方早已人去樓空。卡洛兒放在房裡的私人財物都沒有被帶走，只是人卻失蹤了。

於是眾人便有了一個假設——卡洛兒也是歐內特斯帝國派至艾爾頓帝國的間諜，沈夜被抓捕後，便出手救走人；而康妮莫名其妙地肚子痛，只怕是卡洛兒在她的食物裡下了藥，以便頂替她好接近沈夜。

之後果然在卡洛兒沒有帶走的東西裡，發現了她通敵的證據，正好印證眾人的猜測！

這個發現，讓沈夜通敵的罪名更難被洗刷掉。路卡看著愈是調查、便愈是指向沈夜叛國的種種證據，只覺得難以置信。

要不是路卡深知沈夜的爲人，並且對他有著堅定不移的信任，他幾乎要相信沈夜真是敵國派來的間諜了。

然而路卡相信著沈夜，卻不代表別人也一樣。更何況一直有股力量引導著對沈夜不利的輿論，明明才剛查出來、尚未公布的新消息，也很快被人故意散布開來。這些人明顯想敗壞沈夜的名聲，令路卡與阿爾文感到非常頭痛。

雖說艾爾頓帝國是皇權社會，可是路卡從來沒有控制過大臣們的言論自由，任何人都可以暢言心裡的想法。這種自由風氣要是在以前，路卡是非常滿意的，可是現在看著這群痛心疾首地要求要定罪沈夜的大臣，年輕皇帝只覺得頭痛、心好煩啊！

如果現在有一張桌子擺在他面前，路卡覺得自己一定會忍不住掀桌！

用一句「從長計議」打發這些大臣離開後，路卡身邊總算能安靜下來。不到半天的時間，他便已經覺得身心俱疲了。

阿爾文雖然也堅定地站在沈夜那邊，但因爲他只是親王，壓力大都由路卡這個皇帝承擔下來。何況他並不像路卡的顧忌那麼多，面對不中聽的言論便會很乾脆地甩手走人。大臣也知道這位親王護短的性格，倒是沒有自討沒趣地抓著他勸說。

路卡遣退了所有下人，待房裡只剩他與阿爾文後，這才取出一顆通訊用的魔法晶石。

這種魔法晶石非常稀少珍貴，路卡也只有三顆而已。除了自己留有一顆，另外兩顆晶石分別交給了沈夜與阿爾文。有了這顆晶石，他們即使分隔再遠，也能隨時通訊。

路卡對著晶石唸出一段咒文，很快地，看起來像是普通紫水晶的魔法晶石便發出七色彩光。當七色融合後，沈夜的容貌便從晶石映照出來。

也許是爲了逃亡，沈夜的頭髮與眼眸都改變了顏色，氣色看起來倒是不錯。見影像中的少年安然無恙，擔憂著對方狀況的路卡與阿爾文不約而同地鬆了口氣。隨即又覺得有些奇怪，沈夜接通的時間好像有點太久了。

「小夜，你現在在哪裡？爲什麼會離開城堡？到底發生了什麼事？」

路卡連珠炮似地詢問了好幾個問題，他們與沈夜最後見面時鬧得很不愉快，原本青年以爲當雙方再次見面時，情況也許會十分尷尬。

可是今晚對沈夜的擔憂，卻完全蓋過了先前的不滿與爭論，滿心只關注著少年的安危。這也使路卡他們驚覺，沈夜隱瞞傑瑞米行蹤的原因，不再如他們之前認爲地那麼重要。

沈夜聽到路卡的詢問，立即像隻炸毛的貓般，豎起食指放在嘴巴前「噓」了一聲：「路卡，你別那麼大聲。」

阿爾文瞇起雙目，觀察著水晶投映出來的影像。只見少年似乎正身處一間十分簡陋的木屋裡，從屋裡的擺設推斷，很像是小村落會有的木屋，而皇城裡並沒有這種建築。

阿爾文順著沈夜的要求，壓低了聲量詢問：「你現在的狀況並不安全？所以那麼久才接通通訊？」

沈夜道：「我現在在艾爾頓帝國邊境的蓋爾森林，這裡有一處小村落，我會在此地暫居。」

聽到沈夜的話，路卡與阿爾文皆露出訝異的神情。他們知道那座位於邊境的蓋爾森林，卻從不知道森林裡還有小村落。

不過艾爾頓帝國幅員遼闊，有不曾被發現的村落絕對不足爲奇。只是這村落選擇建立在森林裡，實在令他們很意外。那座偏僻的蓋爾森林裡有不少危險，無論是帶著病毒的蚊蟲、有毒的沼澤或植物，還是凶猛的猛獸，對於一般平民百姓來說都相當致命。

又或者，建立這個村落的人並不尋常？

不待路卡與阿爾文細想，沈夜便簡單交代了他在城堡的經歷，以及在賢者府所發生的事。

聽到沈夜在城堡裡幾乎死在卡洛兒手上，路卡他們不禁後怕萬分。想不到管理得固若金湯的城堡，竟然這麼不安全！

對於路卡與阿爾文，沈夜的信任是毫不保留的，少年並沒有隱瞞自己的穿越能力。沈夜的能力讓路卡二人十分驚歎，也慶幸在生死關頭沈夜能利用這種力量逃走，不然只怕他在劫難逃了。

然而沈夜說了那麼久，卻一直沒有說及他所在的確切位置。蓋爾森林這麼大，他到底在森林的哪兒？

沈夜不說，並不代表路卡他們忘記了。阿爾文見沈夜的解釋告一段落，便急著追問：「為什麼你會選擇前往蓋爾森林？小夜你現在在森林中的確切位置是哪裡？我立刻過去接應你。」

「不不！阿爾文你不用過來了，我現在很好。」慌亂之下，沈夜說話的聲音不自覺大了起來，意識到後立即摀住嘴巴，壓低聲音說道：「我晚些再聯絡你們吧，我這邊有點不方便，你們就不要找我了。」

就在路卡他們想要進一步詢問之際，他們隱約聽到沈夜那方屋外傳來一道呼喊聲：「沈夜，你睡了嗎？」

沈夜高聲應了對方一聲，隨即便有點心虛地向路卡與阿爾文道別：「先說到這裡，再見！」說罷，少年便匆匆忙忙切斷了通訊。

「……有問題。」路卡立刻下了判斷。

「絕對有問題，而且我覺得那個呼喚小夜的人，聲音非常熟悉。」阿爾文苦苦思索。

過了一會兒，兩人異口同聲地說道：「傑瑞米皇叔！」

天……

兩名青年都是一副被雷劈中的模樣，隨即阿爾文霍地站起身：「我去找他！」

短短四字，已被他說得咬牙切齒。

難怪沈夜怎麼會莫名其妙地跑到那麼偏僻、連地圖上都沒有標示的無名小村莊去，原來他是跑去找傑瑞米！

路卡他們倒不會認爲沈夜眞的與傑瑞米勾結，只是……這到底是怎樣的自投羅網？何況沈夜帶著喬恩，兩個一大一小根本就不是傑瑞米的對手，人家一隻手指便能把他們碾壓了！

即使現在他的一身污水都是因傑瑞米而起，可並不代表須要直接去找對方啊？既然逃出了皇城，就不能乖乖地找個安全的地方躲起來嗎？即使想要調查，難道不能挑顆軟柿子來捏嗎？去找被教廷保護的克里門，總也好過跑到傑瑞米面前找虐呀！

雖然教廷比傑瑞米難對付，可是教廷對上沈夜，頂多把人抓回皇城進行審判。然而對上傑瑞米，分分鐘是秒殺的節奏！

沈夜這次絕對是玩過火了！

現在路卡與阿爾文只能祈求僞裝了外貌的沈夜能在傑瑞米面前多撐上一些時日，別那麼快就被對方猜出他的眞實身分。至少保著小命，好讓他們能有足夠時間去救人！

路卡不僅覺得頭痛，胃也好痛：「要多派些人跟著你過去嗎？」

阿爾文道：「小夜失蹤，不少人都在關注城堡的動向，你不便調動人馬。還是讓我帶著我的親兵出發吧！這裡便交給你了。」

年輕皇帝想到現在皇城內亂糟糟的狀況，覺得頭又痛了起來：「我會盡量穩住局面。你也小心一點，從小你就打不過傑瑞米皇叔，可別救人不成，反被皇叔宰了。」

阿爾文：「……我盡量。」

□

沈夜與路卡他們中斷通訊後，立即把做成吊飾模樣的水晶放進衣服裡，以免被傑瑞米看到後洩露了身分。

這一次傳送，沈夜再度使用自己曾經拿來忽悠傑夫的理由，說自己原本是商隊的成員，然而不幸遇上強盜打劫，混亂中與同伴失散，只得和弟弟一起流落在森林裡。

是的，弟弟。

時間回到稍早前，因爲不知道傳送後是怎樣的情況，因此沈夜早在決定讓喬恩同行之際，便於準備物資的時候讓喬恩換上了男孩子的衣服。

這些衣服是沈夜當初帶喬恩回國途中，尚未知道孩子眞正性別時所購買的男裝。當得知帶回來的是女兒不是兒子後，這些衣服便一直被沈夜存放於空間戒指裡。原本只是想留個紀念，想不到現在竟然派上了用場。

至於喬恩頭上女性化的小辮子也被拆下，孩子一頭鬈髮看起來比實際長度短；再加上一身明顯的男裝，怎麼看都是個可愛的小正太。

結果當沈夜與喬恩離開失落神殿、發現傳送到的目的地是一座森林時，沈夜頓時對自己讓喬恩換上男裝的這個決定感到無比明智。別的不說，穿褲子怎樣也比穿裙子容易在森林裡行走啊！

然而沈夜左看右看，不要說他的目標傑瑞米了，這裡連個人影都沒看到。

難道傳送失敗了嗎？

怎麼看，這座森林都沒有其他人在。沈夜蹙起秀氣的眉，想著是不是得再次回到失落神殿，再嘗試一次？

可是他的信仰之力都快用光了，爲了保有回程的能量，沈夜再三思量後，還是決定先在森林裡逛逛。

於是沈夜便牽著喬恩，頭上頂著一朵向日葵，在森林裡漫步。

越過一排茂密的樹叢後，一匹正在垂首吃草的棕紅色駿馬出現在一大一小的眼前。

「哇！是馬！」喬恩看到駿馬後，立即雙目一亮，興奮地往馬匹衝去。

「喬恩，小心！」沈夜驚呼了聲，立即衝上前抱起孩子，鄭重叮囑道：「小心牠踢妳，別太接近牠！」

喬恩有點不服氣地辯道：「柯特有教過我騎馬，我懂得騎馬呢！沒問題的！」

沈夜伸出食指戳了戳孩子的額頭：「賢者府養的馬都是經過挑選的溫馴母馬，這匹馬一看便知道是有脾氣的，而且牠不認得妳，妳突然接近，牠受到驚嚇說不定會踢妳，可痛了！」

喬恩聽到沈夜的話，總算止住想騎馬的心思，小心翼翼地與馬匹保持一定的距離。沈夜見狀，讚許地拍了拍孩子的頭。

這孩子一向乖巧，見她知道危險之後，沈夜便不再看著她，改爲打量著這裡的環境。

這匹駿馬很明顯是有人飼養的，馬鞍啊、轡繩什麼的，全部佩戴齊全。雖然沈夜不太懂如何分辨馬匹的優劣，但看這駿馬毛色相當明亮，看起來雄偉又漂亮，怎麼想都是匹經過精心照料的好馬。

沈夜猜測馬匹的主人應該不會離得太遠，於是便環視四周，想要尋找馬匹主人的蹤影。

可惜沈夜忘了一件事，喬恩是很乖巧聽話沒錯，可是她體內，卻有著另一個熊孩子的人格。

於是在沈夜視線移開後，換了芯子的小黑便往前衝去，固執地想要騎一下這匹漂亮的駿馬。

小黑趁馬匹低頭吃草的瞬間，成功抓住馬的鬃毛，並爬到馬的脖子上。當馬兒受驚抬起頭時，孩子便順勢滑到馬背上。

馬匹頓時怒了！人立起來踢著前腿，誓要把背上的孩子甩下去！

馬匹動作來得猛又突然，小黑的手一時間抓不住轡繩，情急之下便一手抓住了馬的鬃毛。

脖子上傳來的痛楚讓馬兒又驚又怒，發出一陣憤怒的嘶叫聲後，便邁開馬蹄往前跑！

沈夜聽到聲響回頭時，看到的便是這一幕！

不——

喬恩啊啊啊啊！

只見孩子雙手抓著馬的鬃毛，小小的身體凌空甩啊甩，隨著馬匹奔跑的動作上下搖晃，沈夜嚇得快要暈倒了。

這是在放風箏嗎!?

沈夜追了上去，死死盯著眼前的一人一馬，深怕下一秒喬恩便會被馬甩飛出去。可惜沈夜兩條腿再怎麼努力，仍是跑不過對方的四條腿。很快便見馬匹與喬恩變得愈來愈小，快要遠離他的視線。

Chapter 10
孩子，你很有潛力！

就在沈夜不知所措之際，附近傳來一陣短促的口哨聲。馬兒聽到聲音後改變了奔跑的方向，朝著口哨聲跑去。

沈夜順著聲音來源看了看，結果嚇了一跳。眼前這名穿著一身輕甲的男人，絕對是傑瑞米親王沒錯！

雖然沈夜與傑瑞米素未謀面，可是他能一眼認出這個人的身分，因爲這男人與阿爾文實在長得太像了！

聽說先皇奧斯頓當年之所以收養阿爾文，便是因爲看到這個孤兒與自己長得非常相像，憐憫之下便收爲養子。當年正因爲兩人長相十分相似，更有了阿爾文其實是奧斯頓在外情婦所生的私生子這一傳聞。

而奧斯頓與傑瑞米這對兄弟又長得很相像，因此阿爾文的長相亦與傑瑞米非常相似。甚至在阿爾文長大後，因爲帶兵打仗培養出一身精悍的軍人氣勢，氣質更偏向於同樣上過戰場的傑瑞米，而非性格溫和的奧斯頓。

至於奧斯頓的親生兒子路卡，則因爲長相偏向母親珊朵拉，反而與父親奧斯頓長得不像。

因此，沈夜一看到眼前這個活脫脫是中年版阿爾文的男人時，立即知道此人是誰了。

可是現在沈夜眼中，找到傑瑞米什麼的已經不重要，當務之急是先把喬恩從馬背上救下來啊！

「這是你的馬嗎？快讓牠停下來啊！」沈夜跑得快要斷氣了，只得邊喘息邊大聲向遠處的傑瑞米求助。

剛從河邊打水回來的傑瑞米，看到喬恩的狀況時也嚇了一跳，立即想要命令馬匹停下。然而他的眼力很好，很快便發現那個被奔跑的馬拉在半空「放飛箏」的孩子，臉上不僅沒有絲毫驚懼，反而還笑得很開心，眼睛亮得驚人。

傑瑞米看到喬恩的笑容時，嘴角忍不住抽了抽，心想這到底是哪來的熊孩子？不過很快地，男子覺得這小鬼很有意思，見孩子玩得那麼高興，也不想打擾對方的興致，於是把原本讓坐騎停下來的口哨聲，改成了讓馬匹往自己方向跑來的指令哨聲。

反正有他看著，總不會讓這個小孩出事的，就讓他多玩一會兒好了。

可惜沈夜完全不知道傑瑞米心裡所想，見對方一個口哨便讓馬兒往他的方向跑，立即出言求助。

傑瑞米覺得沈夜有點小題大作，明明那熊孩子一點都沒有害怕，還玩得滿高興的。不過這個拚命追著馬跑的少年都喘得快要斷氣了，而且看著小孩凌空被甩啊甩的樣子時，更是一副快要暈倒的模樣，傑瑞米終於生起了一點同情心，揮手比了個手勢讓馬匹停了下來。

駿馬依令停下，原本「飄」在半空的喬恩也不得已地「降落」在馬背上。孩子明顯一臉意猶未盡，還不識好歹地狠狠瞪了傑瑞米一眼。

當沈夜氣喘喘地趕來，孩子已被傑瑞米強制抱離了馬背。

「沒事嗎？有沒有受傷!?」沈夜還未順好氣，便已喘息著把喬恩從頭到尾審視了一遍，確認孩子沒事才鬆口氣，也有心情去關注他此行的目標。

傑瑞米的長相與阿爾文十分相似，兩人同樣是英氣逼人的帥哥。相較於阿爾文的銳氣，傑瑞米卻有著中年人穩重的氣質，被那雙幽暗的銀灰色眼眸注視時，饒是看慣了路卡與阿爾文那種高品質美男子的沈夜，還是忍不住瞬間失了神。

「為什麼把馬停下來？我還想玩！」熊孩子的抗議聲讓陷在那雙幽暗眼眸裡的沈夜回過神來。

一見喬恩臉上那股初生之犢不畏虎的興奮，以及眉宇間的倔強與戾氣時，少年立即知道她又換芯子了。

沈夜敲了敲小黑的腦袋，責罵道：「剛剛多危險！妳竟然還想要再試一次!?」

無論是因為容貌、氣質還是地位，傑瑞米一向都是人們的焦點，男人看到沈夜這麼乾脆地把他這個恩人丟在腦後，無視於他地開始訓小孩，也沒有生氣，反而興致盎然地看著兩人的互動。

其實傑瑞米對喬恩的觀感不錯，覺得這孩子膽子夠大，而且骨子裡有一股狠性與執拗，就像狼崽子般。

他看著沈夜動作自然地敲了喬恩的頭一下，而孩子雖然滿臉不服氣，但卻不再說出要騎馬的話。傑瑞米有點意外地挑了挑眉，本以為是隻難以馴服的狼崽，想不到這麼快已有了主人啊……

沈夜氣沖沖地教訓過喬恩後，總算想起了傑瑞米的存在。原本他還擔心自己直接面對這個大BOSS，會不會因爲太過緊張而露出馬腳，可是剛剛被喬恩嚇得魂飛魄散，現在面對傑瑞米竟然完全無感了。

「眞是太感謝你了，剛才我都不知道該怎麼辦才好。」沈夜一臉感激地說著，態度相當自然。

傑瑞米揶揄道：「感謝就不用了，你別再讓孩子爬上馬背就好，剛剛眞是嚇我一跳。」

傑瑞米的語氣輕鬆，輕易便拉近雙方之間的距離；僅僅短暫地接觸，沈夜已充分感受到這個男人的魅力。這種人彷彿天生便應站在高位，讓一眾人追隨與崇拜。

也難怪先皇仍然在世時，傑瑞米明明老待在邊境，在皇城逗留的時間並不算長，卻依然沒有被人民遺忘，仍能獲得百姓衷心愛戴。

在沈夜打量著傑瑞米的同時，傑瑞米也在打量著眼前一大一小。男人看著這兩人的穿著，怎麼看都不是一般平民，但衣服上卻又沒有貴族的家徽。

兩人有著相似的栗色頭髮和蜜色眼眸，看起來像是對兄弟。

大的那名少年應是個溫和的人，有著讓人想親近的特質。傑瑞米的警戒心一直很強，可是這少年卻讓他不由自主地放鬆戒備。

至於小的那個，雖然年紀輕輕，卻是個心狠的角色，只要稍加訓練，讓這孩子見見血，將來必定能成爲戰場上的高手。可惜看那少年把孩子護得那麼緊，一定不會接受他這個提議。

眼前這一大一小都長得十分白嫩，顯然沒吃過什麼苦頭，甚至沒幹過重活。這樣的兩人出現在森林裡，怎麼想都覺得可疑。然而說他們有什麼陰謀吧，看起來卻又不像。

光看他們那副肩不能挑、手不能提的模樣，傑瑞米便覺得這兩人衝著他來的機率並不大。他現在最大的敵人是艾爾頓帝國與歐內特斯帝國，前者的話，傑瑞米十分了解路卡，知道他那個皇帝姪子的底線，即使派人當殺手也絕不會是這麼小的孩子。

至於後者……傑瑞米覺得亞伯勒派一位大美人出演美人計的機率，遠大於這種少年與熊孩子的奇葩組合。

更何況，傑瑞米並不認爲他這種被逐出帝國、猶如喪家之犬般東逃西竄的人，還有什麼能讓人惦記、值得派人到他身邊放大線釣大魚？

因此對於沈夜接下來自稱的商人身分，傑瑞米也沒有太大的懷疑便接受了。不得不說沈夜頗爲幸運，因爲兩天前還眞有一支商隊路過森林，這與他的說法不謀而合。

傑瑞米很喜歡喬恩這個有著一股狠勁的孩子，看到她就有種想要好好訓練一番的衝動。

於是傑瑞米表示願意帶他們到森林中的村落暫住的同時，還提出一個令沈夜始料未及的提議：「沈夜，我看你弟弟性格堅毅，很有當戰士的潛力。反正也不知道什麼時候商隊才會折返來找你們，不如趁這段時間，就把喬恩交給我好好訓練吧。我保證只需一個星期，便能把他訓練出一身漂亮的肌肉！」

不要！

小黑已經夠暴力了，你還要讓她往戰士方向發展，還給不給漢弗萊他們活路!?

而且一個女孩子，要一身肌肉來做什麼？我家軟軟綿綿的小喬恩，絕對不要成爲肌肉女漢子！

求放過!!

偏偏小黑卻對傑瑞米的提議非常感興趣：「練成後，可以想揍誰便揍誰嗎?」

傑瑞米點了點頭：「當然，只要你夠強!」

喬恩蜜色的雙眸頓時亮了起來。

不要熱血起來啊喂!

小黑妳這麼暴力好嗎?妳到底想要揍誰了!?

而且傑瑞米你有沒有這麼空閒!你不是應該忙著你的陰謀詭計，想辦法殺回艾爾頓帝國嗎?

當大BOSS還兼職什麼健身教練?你的本職是征服世界啊!

沈夜驚覺自己再不出言反對，喬恩便要往肌肉女漢子的道路一去不復返，於是連忙拒絕道：「喬恩是名藥劑師呢!家裡對她寄以厚望，光是藥劑的課程就已排得很滿，沒有多餘時間做別的訓練了。雖然我們現在流落在外，可是喬恩每天的功課也不能落下。很遺憾，不過喬恩不能跟著你一起訓練，謝謝你的好意。」

被沈夜拒絕，做出提議的傑瑞米並沒有什麼意見，反倒是喬恩不開心了：「我不會放下藥劑的調製練習，休息的時間可以用來鍛鍊。」

見喬恩堅持的模樣，傑瑞米臉上露出滿意神色，也說服沈夜道：「即使這孩子決定當藥劑師，不走戰士的路，可是把身體鍛鍊好還是有好處的。每天就一小時，不會佔用他太多時間。」

很久沒有看到這麼好的苗子了，親王大人表示手很癢。一小時雖然訓練不到什麼，可是過過癮還是不錯的。

沈夜看到喬恩滿是懇求的神色後，猶豫道：「好吧……」

每天只有一小時，應該練不出肌肉吧？

聽到沈夜應允，小黑這熊孩子立即興奮起來，滿腦子想著把阿爾文與伊凡他們打倒的美夢。

在小黑那簡單粗暴的邏輯想法中，沈夜既然答應照顧自己，那他便是自己的所有物。可是少年卻給其他人太多的關注，這讓小黑非常介意。

對於同樣被沈夜視為家人的路卡與賽婭，前者不住在賢者府，後者則對喬恩很好、很溫柔，因此小黑還勉強可以容忍。

然而伊凡與阿爾文，卻同時佔據著小黑心裡「想要打倒的敵人排行榜」No.1，排名不分先後！

可惜這兩人都強得像鬼，小黑多次出手失敗、吃了不少虧後，只得暫時偃旗息鼓。

不是我方太弱，而是敵人太強！

因此現在有了變強的機會，小黑是絕對不會放過啊！

她決心這段時間一定要好好訓練，到時把那兩個討厭鬼揍一頓，然後倒吊在賢者府的大樹上讓人圍觀。

□

沈夜設想過無數種自己遇上傑瑞米時會發生的情境，可是任憑少年怎樣想像，也無法想到會是這樣的場面。

喬恩：「老師，放馬過來吧！」

傑瑞米：「我不會手下留情的！」

誰能告訴他，為什麼傑瑞米與喬恩會對這種暴力的訓練如此樂此不疲!?

看到喬恩氣勢萬分地衝了過去，然後被傑瑞米一個側身踢輕易踢飛……沈夜扶額，到底這種單方面的被虐，小黑覺得有啥好玩的？

因為遇上傑瑞米時，當時主導的人格是小黑，因此沈夜一直擔心要是換回主人格，恐怕會引起傑瑞米的警惕。然而傑瑞米一直在他們身邊，沈夜根本找不到方法提醒小黑。

幸好小黑這孩子很機靈，一路上都沒有換回芯子。這孩子似乎也知道讓主人格直接面對傑瑞米絕不是個好主意，畢竟單純的主人格可是完全不懂得偽裝啊！

不過看到孩子興致勃勃地與傑瑞米對練，沈夜又覺得自己想多了。也許小黑只是單純想找人鍛鍊自己罷了。

因為顧慮到沈夜與喬恩兩人，傑瑞米並沒有騎馬，而是拉著駿馬陪伴他們一起走。沈夜不得不感嘆事情不扯到權力爭鬥的話，傑瑞米其實是個很好的人，可惜偏偏對方想要把路卡與阿爾文殺之而後快。人心都是偏的，這註定了沈夜與傑瑞米的敵對關係。

三人走得不快，加上元氣滿滿的小黑還嚷著要邊走邊與傑瑞米對練，結果來到傑瑞米口中的村落時，已是一個小時後的事了。

這是一座很小的村落，無論是房屋或各種生活設備都很簡陋。四周有些設施還在興建中，顯示出村落剛成立不久。

村民看到沈夜與喬恩時，都懷著隱隱的戒備。沈夜可以肯定，如果他們沒有傑瑞米領著，剛到村落便會立即被這些人驅趕離開。

另外，村民之中有男有女、有老有少，看起來與一般小村落無異。可是沈夜注意到那些衣著簡樸的男子大都正值壯年，而且氣勢剽悍，動作之間帶著少年很熟悉的感覺——軍人的氣息。

雖然沈夜沒有學武，可是他與阿爾文、柯特等護衛接觸得多了，已十分熟悉軍人與尋常武者之間的分別。雖然他無法具體形容，但他直覺認爲自己的推測應該沒有錯。

既然這座村莊的男人幾乎都是軍人，那沈夜已能猜到這座新建的村落到底藏著什麼玄機了。

這些男人，應該便是與傑瑞米一起離開的親兵；而那些老弱婦孺，大概就是那些親兵的家屬吧？

也虧傑瑞米機靈，當時阿爾文他們從歐內特斯帝國接回賽婭、並帶來傑瑞米叛國的罪證時，他已先一步獲得了消息。不僅果斷地帶著他的親兵離國，甚至還安排親兵的家屬與他們在這裡會合。

不過沈夜有點訝異傑瑞米他們會在這裡建立村落定居，難道他不準備攻回艾爾頓帝國了嗎？

那阿爾文與傑瑞米大決戰的劇情呢？難道因爲他這隻小蝴蝶的出現，把主角與大BOSS的終極大戰都搧走了嗎!?

要是傑瑞米安分地在這裡生根，不再找路卡與阿爾文的麻煩，那自然是最好的結局；要是他把這裡當作東山再起的祕密基地……

此時，不遠處兩隻被圍在圍欄裡的山羊正打得不可開交。其中一隻撞飛另一隻後，還四處狂奔著並撞倒木欄。這圍欄在發怒的山羊面前，簡直就像紙糊的一樣。

「啊！圍欄又倒了哈哈哈～」

「你們建圍欄可不可以費點心？這已經是第三次被撞壞了！」

沈夜：「……」

好吧，這豆腐渣工程建起來的村落，單單只是讓人居住已經很勉強，更不要說是當祕密基地了。

果然都只是我多想吧……

村民看到傑瑞米回來後，無論男女老少都很高興地一邊稱呼對方「大人」，一邊圍了過來。從他們的笑容中，可以看出傑瑞米非常受這些人愛戴。

不過想想也不奇怪，如果這些人眞如沈夜猜測的，是傑瑞米的親兵和其家屬，在傑瑞米叛國時又依然義無反顧地追隨，那麼對傑瑞米自然是忠心耿耿。

「大人？」沈夜自然要裝出一副不了解內情的模樣，表現出應有的困惑。

傑瑞米發現沈夜的疑惑，爽朗一笑：「你也看得出我是個戰士吧？我曾經在猛獸口中救了這些人，因此他們便尊稱我一聲『大人』。沈夜你直接喚我的名字就好。」

傑瑞米的解釋合情合理，臉上的笑容更是坦蕩得無懈可擊。如果沈夜不是早已知曉對方的身分，一定會被他這番說詞騙過去。

沈夜與喬恩徒步走了這麼久，早已相當疲累。尤其小黑年紀小，能夠堅持靠自己走完全程已經很了不起，現在都快能站著睡著了。村民也看出他們的疲憊，雖然並不歡迎外來者，但也不會與一個小孩子過不去，很快便爲沈夜兩人安排了間小木屋。雖然簡陋，卻能遮風擋雨，至少是個能夠休息的地方。

一天下來發生了這麼多事，沈夜也是心身俱疲。晚上的森林是危險的，少年並沒有提出要到河邊洗澡這種不合時宜的要求，僅簡單地用毛巾爲自己與喬恩擦乾淨臉與手腳，便讓孩子上床睡覺了。

小黑這熊孩子不但走了很長的路，還一路上興致勃勃地與傑瑞米玩戰鬥遊戲，結果一放鬆便累得眼睛都睜不開，剛碰到枕頭立即呼呼大睡。

一直藏身在沈夜髮間的小葵，此時也變成手掌大小跳到地上伸展著莖葉，看起來就像人類伸懶腰的模樣。

沈夜梳洗完畢，打算準備睡覺時，便看到了路卡的通訊要求。

雖然這小木屋裡就只有沈夜與喬恩二人，要再算仔細一點的話還有一朵在做著伸展運動的花，可是畢竟是傑瑞米的地盤，沈夜不得不謹慎，因此花了些時間確定外面沒有人偷聽後，這才接通了通訊。

整個通訊過程沈夜都提心吊膽著，深怕傑瑞米會突然闖進來。結果沈夜的擔憂成眞了，傑瑞米還眞的正好在通訊期間找他。幸好對方有出聲喚人，並沒有無聲無息地闖入，讓沈夜有收起魔法水晶的時間。

沈夜收好魔法水晶後便走去打開房門，疑惑地對站在門外的傑瑞米問道：「怎麼了？」

傑瑞米遞出一瓶藥膏，道：「喬恩睡了沒？今天的運動量有些重了。睡前給他揉些藥膏，以免他明天跑不動。」

想不到傑瑞米那麼貼心，沈夜有點訝異，一時間沒有接過男子遞出的藥膏。

傑瑞米誤會了沈夜遲疑的原因，道：「雖然喬恩本身是藥劑師，這些東西他應該不缺。不過孩子累了，總不能現在讓他煉製藥劑，你就收下吧，也不是什麼貴重的東西。」

聽到傑瑞米的勸說，沈夜這才連忙接過藥膏，並感激地道謝。

傑瑞米似乎還想說什麼，可是雙眼在看到那朵正在屋內做著伸展運動的向日葵後便呆住了，想要說的話也忘得一乾二淨。

男子眨了眨眼睛，向日葵並沒有因自己的動作而消失；確定眼前的一幕不是自己的幻覺後，便面無表情地無聲指了指室內。

沈夜順著男子的手回首看去，隨即笑著解釋：「忘了向你介紹，它是小葵，是我的契約靈草。小葵比較特別，不喜歡待在靈草空間裡。」

傑瑞米問：「你們是弗羅倫斯帝國的人？」

沈夜頷首道：「對啊，我們來自弗羅倫斯帝國，來到艾爾頓帝國行商，結果不小心在這裡與同伴走散了。」

沈夜是故意暴露小葵給傑瑞米看的，反正賢者有與靈草訂立契約一事也只有一些親近的人知情。也不知他們還要在這裡住多久，時間一長難免被人看出來，倒不如先直接向對方坦承小葵的存在。

反正沈夜對傑瑞米謊稱自己是商人，而宣稱自己來自弗羅倫斯帝國更能令人信服。這個世界只有弗羅倫斯帝國的人才能收服靈草，這是常識啊！

至於現在身分爲沈夜弟弟的喬恩，沈夜大可以推說因爲孩子年紀尚小，待長大一些才會讓他進翠羽森林等等。

沈夜關上門後，傑瑞米並沒有立即離去，而是站在木屋門前，一臉興致盎然地不知在想著什麼。

當其中一名村民、眞實身分是傑瑞米的親兵隊長路過時，見到傑瑞米的模樣，忍不住好奇地上前詢問：「大人，有事嗎？」

傑瑞米搖了搖頭：「不，就是覺得事情很有意思。」

雖然隔了一道門，而且沈夜還故意壓低談話聲量，使傑瑞米聽不到他說話的內容，可是男子能夠肯定剛剛屋子裡有人在交談。

然而喬恩正在睡覺，靈草不會說話，那麼，沈夜到底在與誰交談呢？

男人聽到傑瑞米的低語後，不贊同地蹙起眉頭：「大人，讓外人進入村莊居住，實在有欠考慮了。」

傑瑞米挑了挑眉：「柏格，喬恩那孩子聽說是名藥劑師，你認爲他能對我們構成危險嗎？」

名為柏格的男子答道：「不能吧。」那麼小的孩子，頂多也只是個學徒而已。

傑瑞米續問：「那沈夜呢？」

柏格：「……不能。」

此時柏格還不知道小葵的存在，認為沈夜只是個普通人。因此在男人心中，沈夜的年紀雖比喬恩年長，可是相較於懂得煉製藥劑的喬恩來說更加不足為患。

傑瑞米拍了拍柏格肩膀：「既然如此，你又有什麼好擔心呢？那一大一小都沒有自保的能力，難道要我把他們丟棄在森林裡自生自滅嗎？」

柏格沉默了半晌，思緒差點要被傑瑞米帶著走，好一會兒才反應過來：「既然如此，送離森林就是了，犯不著把人帶回來。」

傑瑞米道：「雖然他們出現在這裡也許只是巧合，可是我還是有些疑慮。既然可疑，那麼把人留在自己眼皮子下看管，不是比放到自己看不見的地方保險嗎？」

柏格覺得傑瑞米說的有理，也就不再反對：「我明白了。我會讓大家多注意那兩個孩子。」

傑瑞米道：「我們該怎樣就怎樣，反正我們現在過的都是一般村民的生活，也沒有做出任何出格的事情，不用太顧忌那兩人。只要小心提防一下就好。」

❀尾聲

在遙遠的歐內特斯帝國，也有人正以沈夜為話題展開了討論。只是這邊的氣氛卻遠沒有傑瑞米那邊平和。

「瑪雅，先前妳口口聲聲說事情很容易辦，不會出大問題，可是這次卻折損了一名混入艾爾頓城堡的珍貴間諜，妳說，我該拿妳怎麼辦呢？」

魔法水晶的另一邊，瑪雅冷汗涔涔，當她打聽到沈夜被人救離城堡，而不是如她計畫般在城堡「自殺」時，少女便知道事情出了差池。

之後她一直懷著忐忑不安的心情等待著巴德的召見，結果看到魔法水晶映照出的身影並不是巴德，而是歐內特斯帝國的皇帝亞伯勒時，瑪雅驚覺這次事情大條了！

雖然巴德是個外表相貌堂堂的人，但熟悉後卻是條令人不想接觸的毒蛇。可是瑪雅寧可與巴德周旋，也不想面對亞伯勒！

亞伯勒這個人是實打實的暴君，性格喜怒無常、殘忍嗜殺。他常常陰沉著臉，卻並不代表他心情不好；他笑的時候，也不表示他心情好。明明前一秒還很欣賞眼前的大臣，可是下一秒卻突然把人殺了……

總而言之，這男人就是個神經病，而且還是個有著強大殺傷力、不定期爆炸的神經病！

雖然他們各自所在之處隔了很遠，亞伯勒無法立即當場殺了瑪雅，可是錫德里克家族作爲探子的把柄都掌握在亞伯勒手上，只要他公開那些資料，他們包準立即完蛋。

因此瑪雅聽到亞伯勒狀似漫不經心地詢問時，完全不敢掉以輕心，因爲不知道這個看似心情不錯的人，心裡是不是正颳著狂風暴雨啊！

「陛下，實在非常抱歉。我一直身處家中，獲得的資訊也不多，並不知道這次爲什麼會出現意外。依照原本的計畫，那位間諜要殺死沒有防備的沈夜、將現場僞裝成自殺理應不算困難才對。」

聽到瑪雅短短幾句話便把自己撇除事外，甚至還咬了卡洛兒一口，亞伯勒挑了挑眉，心想果然最毒婦人心。這個女的即使面對他，仍能冷靜地把錯誤推到別人身上，還眞有勇氣，也夠狠。

原本亞伯勒最近心情不太好，瑪雅這事情更是撞在他槍口上，他本打算殺了這個沒用的女人以洩忿。反正在他看來，瑪雅這個作著皇后夢的女人，會被路卡看中的機率已經微乎其微。錫德里克家族又不是只有她一人可以爲自己賣命……

可是現在，亞伯勒突然又很想看看這個女人留在艾爾頓帝國，還會掀起怎樣的風波。

不過這次的事情終究是由瑪雅引起，亞伯勒總要給她一點懲罰。

亞伯勒心裡對此次的處理方式已有了決定，卻絲毫沒有表態，僅問道：「所以妳覺得自己沒有錯？」

瑪雅一臉歉意地惶恐道：「陛下，我不能說我沒有絲毫錯誤。可是這次之所以會失敗，我相信絕大部分都是意外。那位負責行動的間諜雖然失蹤了，說不定她還有辦法扭轉局面，請您先不要太怪責她。」

不光是亞伯勒，就連在亞伯勒身旁看著的巴德，也覺得歎爲觀止。

她是故意的吧？

到底她對卡洛兒有什麼深仇大恨，不停在亞伯勒面前提起對方的過失，深怕卡洛兒不會受到責罰似的？

瑪雅這番看似誠懇認錯、實則卻是把錯誤推在同伴身上的行為，更讓亞伯勒決定要好好教訓瑪雅一番。不過他並不打算在通訊中責難，對他來說，既然要出手，便要攻擊對方最痛的地方。只有讓她眞的痛了，才會感到恐懼，也能夠更好地記住教訓。

其實這件事說白了，瑪雅眞的沒犯什麼錯誤。可是錫德里克家族離開歐內特斯帝國太久，久得瑪雅都不太把帝國放在心上了，亞伯勒這次不僅是要處罰瑪雅，也未嘗沒有提醒一下她的意思。

於是亞伯勒只道了聲「知道了」，對瑪雅認錯的話語表現出不置可否的態度，並又說了一句「替我向妳父親艾尼賽斯問好」後，便中斷了通訊。瑪雅頓感莫名其妙，不敢相信自己這次竟然這麼輕易便全身而退。

然而很快地，瑪雅發現是她太天眞了。

隔天一早，錫德里克家族的大宅傳出了一陣尖叫聲。

錫德里克家族的家主——艾尼賽斯．錫德里克伯爵，被發現死在睡床上。

艾尼賽斯的死狀十分恐怖，他吐了大量的血，整張睡床都被血液染紅。臉上神情非常痛苦，死時雙手還緊緊抓著床單，身體痛苦地扭曲成詭異的狀態；雙目睜得大大的，定格在臉上的表情非常猙獰嚇人。

早上侍候艾尼賽斯洗梳的侍女剛進入房間，便立即嗅到一陣濃烈噁心的血腥味，隨即看到睡床上主人的死狀，被嚇得連連尖叫起來。

後來經過調查，證實艾尼賽斯是患了急病而死，死因並無可疑之處。但瑪雅知道，自己的父親是被人殺死的，殺他的人正是亞伯勒！

錫德里克家族以間諜身分被派至艾爾頓帝國，歐內特斯帝國為了控制這些間諜，在他們的血脈施了魔咒。這魔咒類似於主僕契約，讓他們的生死都掌握在歐內特斯帝國的君主手上，杜絕他們背叛的機會。

可是這種咒法有個弱點，就是隨著血脈的淡薄，魔咒力量便會隨之減弱。瑪雅本以爲錫德里克家族在艾爾頓帝國過了數代，血脈已因與別人通婚而變得稀薄，這魔咒對他們的傷害應該削弱很多才對。她以爲魔咒早沒了致命性，想不到卻依然能奪去艾尼賽斯的性命！

瑪雅這個人情感看得很淡薄，艾尼賽斯身爲她在世上唯一的親人，瑪雅愛他是毋庸置疑的；可是相較於父親，她更愛自己。

因此艾尼賽斯的死，瑪雅與其說是傷心難過，倒不如說是被他的死亡驚呆了。因爲從父親的死亡中，她驚覺到自己的小命也仍被亞伯勒掌控著！

不！經過了幾代，血脈已經稀薄了，魔咒的力量理應沒有那麼強大才對。這只是亞伯勒爲了唬嚇我的手段而已，一定是這樣！

可是瑪雅卻不敢百分百地肯定艾尼賽斯不是因血脈魔咒而死。

瑪雅絕不相信素來健康的父親，會因急病而逝世。再加上亞伯勒在通訊結束時所說的那番話，少女可以肯定艾尼賽斯的死與亞伯勒脫不了關係！

即使不是魔咒的原因，亞伯勒能夠派人前來艾爾頓帝國、無聲無息地殺掉自己父親，也足以讓瑪雅感到驚懼。這代表著如果對方願意，一樣也能無聲無息地將她殺死。

下人們很快便把艾尼賽斯的遺體清理乾淨，並有專人為他整理好儀容。當瑪雅再次進入艾尼賽斯的臥室時，房間已不見絲毫血跡污穢，艾尼賽斯臉上的神情也已變得安詳。

可是男人死前那痛苦的表情，以及房間的血腥場面，仍然深深刻劃在瑪雅的心裡。

瑪雅伸出手輕撫著父親冰冷的面容，悲傷地哭泣著。她心裡充滿了恨意，恨亞伯勒的無情與心狠。她父親明明是無辜的，為什麼要這樣對他？

然而同時，瑪雅心裡某個小小的角落卻又在慶幸著，幸好對亞伯勒來說，她比父親有用處，不然遭受這種痛苦又淒慘死亡的人，只怕便是她了。

亞伯勒對於瑪雅來說太過強大，對於自己無法對抗的敵人，素來擅於自保的瑪雅並不會感情用事地想以卵擊石。

無法對付眞正的殺父仇人，瑪雅便把父親的死亡，遷怒在身為事件起因的沈夜身上。

如果不是因爲這個人老是與我過不去，我又怎會對他出手？

我要殺沈夜也是爲了自保，可是他卻害死我的父親！

害死父親的罪疚感，使得瑪雅急切需要一個可以讓自己怨恨的對象；而沈夜很不幸地，便莫名其妙成爲了瑪雅的目標。

「沈夜，我要你不得好死！」

《夜之賢者06》完

❋後記

大家好，感謝大家購買這本《夜之賢者06》。

各位看這本小說時，天氣應該已經很寒冷了吧？寫後記時正值十月底，可是氣溫還在三十多度的高溫！

我現在是抱著冰袋在寫後記呢……QAQ

有追蹤我的寵物臉書「香草動物園」的各位，應該知道我家裡來了一個新成員，是一隻熊仔鼠（金絲熊），名叫點點，是男孩子喔！

因為豆丁去世了，因此近期都在臉書關注著有沒有毛孩子等著被領養，希望把對豆丁的愛延續下去。結果，便讓我看到某鼠友的求助帖。

點點的出生是一場意外，原本鼠友在家裡都是一籠一鼠飼養的，清理籠子時會把倉鼠放在跑球內活動。結果牠們卻趁主人不注意撞開了跑球的蓋子，後來母鼠懷孕了，一胎生了十二隻鼠寶寶！

倉鼠是地域性很強的動物，養在一起有可能會打架至死，再加上繁殖力驚人，熊仔鼠又是需要較大地方飼養的品種，那位鼠友根本無法養那麼多鼠寶寶，只得把牠們送養了。

我是從鼠寶寶剛出生、全身還是粉嫩嫩粉紅色的時候便已決定要領養一隻。當時連牠們到底是什麼毛色都不知道呢，還曾誤以爲是黑白色的鼠寶，想不到開眼後卻逐漸長出了棕毛，變成黑棕白三色。

鼠友一直有在網上更新鼠寶寶的成長片段，當牠們開始長出花紋後，我立即便注意到其中一隻鼠寶寶背上有顆圓點形的花紋，後來開始不知不覺便特別注意牠，總會在十二隻寶寶中尋找這隻鼠寶。

當鼠友詢問我想要男生還是女生的鼠寶寶時，我便說男女完全不是問題，但可以的話，想要那隻背上有點點的鼠寶，於是點點便來到我家了。

點點是九月五日出生，接牠回家時是九月二十八日，當時牠還未滿月呢！

第一次飼養那麼小的倉鼠，覺得牠好小好可愛之餘，又有些戰戰兢兢，怕會養不好。幸好點點很快便適應了新生活，而且第二天便懂得上廁所，眞是個非常乖巧的孩子啊！

說到孩子，不得不想起沈夜的「孩子們」。

接下來會談及小說內容，不想被劇透的各位請先翻到前面看內文喔～

這一集中，沈夜與路卡、阿爾文吵架了！

一直以來，沈夜與兩人的感情很好，從來沒有爭執。可是在這一集裡，雙方卻因爲別人的挑撥而有了分歧。

不少讀者在看到《夜賢06》的預告時，都說希望劇情不要太虐。我覺得倒還好啦！雖然這一集中，他們都因爲對方的舉動而感到失望，可並不代表他們不重視對方。相反地，正因爲重視，所以才有著更大的期望。

雖然他們都把對方視爲重要的親人，可是既然是人，便會有自己的脾氣與想法。不過即使吵架，還是很快能床頭打架床尾和喔！（好像有什麼不對XD）

另外值得一提的是，這一集中，小說裡的大BOSS傑瑞米有不少戲分了呢！

雖然傑瑞米在第一集已經出場，可是一直是個打醬油的角色。可以說在第六集中，才正式把這個角色呈現給大家。相信看過本集後，各位對傑瑞米的印象應該豐富不少。

其實我滿喜歡傑瑞米這個角色。單看他的性格，會發現他其實是一個有情有義、有勇有謀的人，讓人安心將背後託付給他，也充滿令人想要追隨的人格魅力。

可是誰教他要與路卡與阿爾文對著幹呢！有時候不是這個人不好，而是因爲雙方處於敵對狀態。再怎麼惺惺相惜，傑瑞米對沈夜來說仍舊是敵人！

下一集，沈夜便要帶著喬恩與小葵在敵方陣營中討生活了，請大家爲沈夜打氣加油吧XD

香草

【下集預告】

夜之賢者

Sage of Night 07

傑瑞米的小村落出現傳染病，
混入對方陣營的沈夜看著身邊的人一個個倒下，
到底是救還是不救？

帝國賢者叛逃，路卡等人暗中調查後，
發現瑪雅有著相當大的嫌疑……

此時，從皇城千里迢迢趕去蓋爾森林的阿爾文，
決心要從傑瑞米手中搶回自家賢者！

主角 VS 大BOSS，仇人見面，分外眼紅！

第七集〈各方雲動〉

二〇一七臺北國際書展，進入故事高潮！

國家圖書館出版品預行編目資料

夜之賢者 / 香草著.——初版.——台北市：魔豆文化出版：蓋亞文化發行，2016.12
冊；公分.（fresh；FS122）
ISBN 978-986-93617-4-3（第6冊；平裝）

857.7 105005230

fresh FS122

夜之賢者 06

作者 / 香草
插畫 / 天藍　封面設計 / 克里斯
出版社 / 魔豆文化有限公司
地址◎台北市103承德路二段75巷35號1樓
電話◎（02）25585438　傳真◎（02）25585439
部落格◎ gaeabooks.pixnet.net/blog
臉書◎ www.facebook.com/Gaeabooks
電子信箱◎ gaea@gaeabooks.com.tw
投稿信箱◎ editor@gaeabooks.com.tw
郵撥帳號◎ 19769541　戶名：蓋亞文化有限公司
發行 / 蓋亞文化有限公司
法律顧問 / 宇達經貿法律事務所
總經銷 / 聯合發行股份有限公司
地址◎ 新北市新店區寶橋路二三五巷六弄六號二樓
電話◎（02）29178022　傳真◎（02）29156275
港澳地區 / 一代匯集
地址◎ 九龍旺角塘尾道64號龍駒企業大廈10樓B&D室
電話◎（852）2783-8102　傳真◎（852）2396-0050
初版二刷 / 2020年1月
定價 / 新台幣180元
Printed in Taiwan

ISBN / 978-986-93617-4-3

FS122

夜之賢者

Sage of Night 06 逃離皇城

魔豆文化　讀者迴響

感謝您在茫茫書海中選擇了魔豆，您的支持是我們最大的動力。
不要缺席喔，讓我們一起乘著夢想的羽翼，穿越時空遨遊天地！

姓名：　　性別：□男□女　　出生日期：　年　月　日
聯絡電話：　　手機：
學歷：□小學□國中□高中□大學□研究所　　職業：
E-mail：　　（請正確填寫）
通訊地址：□□□
本書購自：　　縣市　　書店　□網路書店
何處得知本書消息：□逛書店□親友推薦□DM廣告□網路□雜誌報導
是否購買過魔豆其他書籍：□是，書名：　　□否，首次購買
購買本書的動機是：□封面很吸引人□書名取得很讚□喜歡作者□價格便宜□其他
是否參加過魔豆所舉辦的活動： □有，參加過　　場　□無，因爲
喜歡出版社製作什麼樣的贈品： □書卡□文具用品□衣服□作者簽名□海報□無所謂□其他：
您對本書的意見： ◎內容／□滿意□尚可□待改進　◎編輯／□滿意□尚可□待改進 ◎封面設計／□滿意□尚可□待改進　◎定價／□滿意□尚可□待改進
推薦好友，讓他們一起分享出版訊息，享有購書優惠 1.姓名：　　e-mail： 2.姓名：　　e-mail：
其他建議：

廣告回信 郵資免付
台北郵局登記證
台北廣字第00675號

TO：魔豆文化有限公司　收

103 台北市承德路二段75巷35號1樓

魔豆

魔豆